SKY O'MARA

SONNEN MOND SAGA

1. KLIRRENDER JANUAR

Sky O'Mara auf Instagram:
www.instagram.com/sky_omara

Sky O'Mara auf Lovelybooks:
www.lovelybooks.de/mitglied/SkyOMara

»SonnenMond Saga – 1. Klirrender Januar«
Deutsche Erstveröffentlichung
1. Auflage – 01/2024

Für meine Familie,
ich liebe Euch

Sky O'Mara,
Januar 2024

Prolog

Aeryn

Schneeflocken rieselten aus dem finsteren Himmel auf die Erde hinab. Sie wirbelten um mich herum, als wollten sie mich zum Tanz einladen.

Ein letzter Walzer, bevor die Welt unterging.

Es war ein friedlicher Moment, und wenn ich die Augen schloss, könnte ich mir fast einbilden, dass nichts von alldem passiert wäre. Nur ein böser Albtraum, der sich verflüchtigen würde, sobald ich erst einmal aufgestanden und mich in die Schule geschleppt hätte. Doch ganz egal, wie sehr ich es mir auch wünschte, nichts konnte die Zeit zurückdrehen und all das Unglück und Leid ungeschehen machen.

In der Nähe brach das Dach einer brennenden Hütte zusammen und Funken stoben in die Nacht empor, als wollten sie den Himmel in Brand setzen. Die lodernden Flammen verschlangen knackend und knisternd das Holz, bis nichts mehr übrigbleiben würde.

Wie die Liebe, deren Leidenschaft alles verzehrte und die Seelen zum Frühstück verspeiste. Ich konnte ein Lied davon singen.

Ich betrachtete das Schwert in meiner Hand, das im Schein des Feuers golden leuchtete. Auf der Klinge schimmerte das Blut all der Opfer, die es auf dem Weg hierher getrunken hatte. Doch noch war ihr Durst nicht gestillt. Ein letzter Tod, den sie verlangte, eine letzte Seele, die sie vom Leid dieser Welt erlösen wollte.

Verzweifelt blickte ich zum Himmel empor, als stünde dort die Antwort darauf, wie all das hatte geschehen können. Vor einem Jahr hatte es auch geschneit und meine Sorgen erschienen mir damals so ungeheuer wichtig, als wäre ich der Mittelpunkt des Universums und würde meine kleine Welt gegen zähnefletschende Monster wie nervige Lehrer und gehässige Mitschüler verteidigen.

Heute konnte ich bei der Erinnerung daran nur traurig lachen. Was war ich doch naiv und blauäugig gewesen, wie ein Fuchswelpe, der frisch geboren die Wärme seiner Mutter vermisste, ohne zu wissen, in was für einer gefährlichen Welt sie da draußen unterwegs war, um für sein Futter zu sorgen.

Damals dachte ich, ich wäre der Mittelpunkt der Geschichte, die den Titel *das Leben* trug. Dabei war ich nicht mehr als *eine* Perspektive der großen Saga, die unzählige Menschen, Elfen, Feen und alle Wesen auf dieser Welt und in Avalon miteinander teilten und erzählen konnten.

Die Geschichte vom Beginn einer neuen Zeit wäre unvollkommen, wenn ich das Schicksal der anderen außer Acht lassen würde. Allen voran das meiner vier Mitschüler, die mit mir gemeinsam dieses Abenteuer bestritten. In verhasster Feindschaft, wie in verbundener Freundschaft.

Bonny Devlin, die für mich vor einem Jahr nichts weiter als eine fiese Schulbitch war, die über alles und jeden lästerte, der nicht ihrer Clique aus nervigen Lästerschwestern angehörte. Die Anführerin eines Hyänenrudels, das gehässig lachend den Schulhof regierte.

Tyran Hunt, der umschwärmte Kapitän des Rugbyteams und gleichzeitig Bonnys Lover. *Natürlich, wer sonst?!* Ein Gorilla im Dschungel der Schule, der jeden Konkurrenten lieber mit physischer Gewalt als mit Argumenten auf seinen Platz verwies. Wenn man im Lexikon das Wort Bully nachschlug, würde man sein Bild vorfinden.

Mara Flynn, die Vorsitzende des schulischen UFO-Clubs, eine Gruppe Nerds, die ihre Freizeit damit verschwendete, über die Sichtung von Außerirdischen zu debattieren. Als wäre die Existenz von Avalon mit all den mystischen Wesen und hungrigen Monstern nicht real genug. Vor einem Jahr zählte Mara zweifellos noch zu den Menschen, die ihre Nase lieber in ein Buch steckten, als zu akzeptieren, dass die wahren Abenteuer da draußen in der echten Welt auf sie warteten.

Und natürlich Niven Connor. *Niven* ... Meine Geschichte wäre ohne seine unvollkommen. Damals kannte ich ihn kaum. Wie denn auch, wenn er fast nie in der Schule auftauchte? Nicht nur hielt er Schule und überhaupt jegliche Form von Ordnung und Gesetz für komplett überflüssig, für ihn war das gesamte Leben nichts weiter als ein einziges Spiel. Doch wenn man verlor, zahlte man einen hohen Preis. *Den Tod* ...

Die Geschichte vom Ende der Welt, so wie wir sie kannten, wäre nicht vollkommen, würde ich nur meinen Weg erzählen. Jeder von uns hat seine eigene Geschichte, die dazugehörte und ohne die all das niemals passiert wäre.

Wir alle hatten diese Entwicklung in Gang gesetzt, wir alle hatten dafür gesorgt, dass Irland in Flammen stand und die Menschheit erfahren musste, dass Avalon weitaus mehr als eine alte Legende war.

Die Anderswelt ist ein Teil von uns, so wie der Schlaf, in dem unsere Fantasien und schlimmsten Albträume erwachten. *Nur dass diese real sind.*

Sionnach bellte leise und riss mich aus den Gedanken. Die kleine Fuchsfee hinkte ein paar Meter von mir entfernt durch den frischen Schnee, bevor sie sich hinhockte und mich mit ihren großen grünen Augen erwartungsvoll anblickte.

Sie wartete darauf, dass ich zu Ende brachte, was ich angefangen hatte.

Ich seufzte und hob das Schwert empor, bis die Spitze der blutigen Klinge knapp unter seinem Kinn verharrte.

Er kauerte reglos vor mir im Schnee und wartete ab, wie meine Entscheidung ausfallen würde.

Leben oder Tod …

Ich schaute ihm in die Augen. Sie hatten mir so viel Liebe und so viel Leid gebracht.

Ich war Aeryn Clarke, die Weltenbringerin.

Ich war nicht Sonne, ich war nicht Mond.

Ich war beides zugleich …

Hier und heute würde meine Geschichte enden. Ich würde einen Schlusspunkt hinter all dem setzen, was vor einem Jahr seinen Anfang genommen und mich hierher gebracht hatte. Nie hätte ich mir vorstellen können, was in einem Jahr alles passieren konnte. Dass es nicht nur meine eigene Welt auf den Kopf stellte, sondern das Leben aller Menschen veränderte.

Das meiner Mitschüler und Mitstreiter auf dem Weg

hierher, das aller Iren, deins!

Ich hatte das nicht gewollt, doch mir blieb keine Wahl.

So wie ich jetzt keine Wahl hatte, denn meine Entscheidung stand fest.

Schneeflocken fielen auf die Schwertklinge und vereinten sich mit den Blutstropfen, die rot auf ihr schimmerten.

Das Schwert dürstete nach einem letzten Opfer.

Excalibur war hungrig.

Ich hob das magische Schwert empor.

Ein finaler Akt, bevor der Vorhang fiel und meine Geschichte endete.

Die Saga von Sonne und Mond …

Kapitel 1

Aeryn

Aeryn! AERYN!«, schrillte die wütende Stimme wie ein Wecker durch meine süßen Träume einer besseren Welt, in der ich ausschlafen konnte und keine Schule existierte. Weitläufig unter dem Namen Paradies bekannt.

Ich zog das Kopfkissen über die Ohren, in der vergeblichen Hoffnung, die hysterischen Schreie meiner Tante ignorieren zu können. Was genauso erfolgreich funktionierte, wie den Juckreiz eines Mückenstiches durch Kratzen zu vertreiben.

»Schwing endlich deinen faulen Hintern aus dem Bett und komm runter frühstücken! Ich habe Besseres zu tun, als dir jeden Morgen hinterherzurennen! Wenn du nicht in spätestens fünf Minuten am Küchentisch sitzt, ist das Internet für die restliche Woche gestrichen!«

»ICH ZIEHE MICH JA SCHON AN!«, schrie ich genervt zurück, auch wenn das gelogen war. Ich hatte mich noch nicht einmal aus dem Bett gequält. Gefrustet schleuderte ich das Kissen durchs Zimmer, obwohl es nun wirklich nichts dafür konnte, dass ich nicht länger im Reich der Träume verweilen durfte.

Knurrend hievte ich die Beine aus dem Bett und setzte mich hin. Schritt eins war geschafft. Blieben noch ungefähr dreitausendvierhundertzwanzig übrig, bis ich startklar wäre und mich auf den nächsten fantastischen Tag im *Ballinode Community College* freuen konnte. Wer freute sich nicht auf einen sinnbefreiten Tag in der Hölle, in der man stundenlang auf einem unbequemen Stuhl hockte und sich die Gesetzmäßigkeiten von Tangenten und gleichwinkligen Dreiecken oder die angeblich ach-so-lehrreichen Ergüsse der Menschheitsgeschichte anhören durfte?

Lustlos streifte ich Shorts und T-Shirt aus, die mir als Nachtzeug dienten. Laut meiner Tante Honora absolut unpassend für die Anfang Januar herrschenden Temperaturen, aber in diesem Punkt hatte sie den Kampf längst aufgegeben. Einer der wenigen Siege, die ich davongetragen hatte und tapfer verteidigte, selbst wenn mir nachts die Zehen abfroren.

Ich musste dreimal das chaotische winzige Zimmer durchqueren, bevor ich meine komplette Schuluniform gefunden hatte. *Leg deine Sachen gefälligst ordentlich auf dem Stuhl zusammen, dann brauchst du sie am nächsten Tag nicht suchen!* Nach wie vor hatte Tante Honora nicht begriffen, dass ihre goldenen Tipps fürs Leben, wie sie ihre bescheuerten Vorschriften gern betitelte, genau das gegenteilige Verhalten in mir auslösten. Genauso gut könnte man einen Pyromanen erzählen, dass er sich vom Feuer fernhalten sollte und ihm zum Geburtstag eine Packung Streichhölzer schenken. Vergebene Liebesmüh.

Irgendwann war ich fertig angezogen und schaute mich im Wandspiegel an, der von einem langen Riss in zwei Hälften geteilt wurde. Mehrere Totenköpfe und brüllende Fantasiewesen tanzten um mich herum, die ich mit einem Edding auf die Spiegelfläche gekritzelt hatte. Naserümpfend hatte meine Tante die nachträglichen Verschönerungsmaßnahmen zur Kenntnis genommen, sich aber zähneknirschend jeglichen Kommentars enthalten. Als wäre sie keine verklemmte engstirnige Spießerin, sondern ein abenteuerlustiger und experimentierfreudiger Freigeist.

Ich trat einen Schritt vor und betrachtete mich im Spiegel. Ein paar wenige Sommersprossen zierten die Stupsnase und das schlanke ebenmäßige Gesicht. Der Mund mit der leicht vorstehenden Unterlippe wirkte wie immer etwas herausfordernd, als wüsste er nicht, was er mit dem Rest des Gesichts anfangen sollte. Die strahlendblauen Augen hätten die meisten Menschen wahrscheinlich als recht hübsch gefunden, alle bis auf mich. Zu sehr erinnerten sie mich an die Augen meiner Mum. Und dann die Haare, wo laut Tante Honora längst jegliche Hoffnung verloren war. Sie reichten mir eine Handlänge bis über die Schulter und waren so glatt und bunt, als hätte ich sie in diverse Farbtöpfe getunkt. Pink war zweifellos die vorherrschende Farbe, aber einige Strähnen erstrahlten auch in Rot und Gelb und wer genauer hinsah, konnte hier und dort sogar blaue und grüne Farbtöne entdecken. Vielleicht wollte ich auf diese Weise dem tristen Alltag etwas Leben einhauchen.

»AERYN! LETZTE WARNUNG!«, gellte die Stimme meiner Tante durchs Haus. Spätestens jetzt war wahrscheinlich auch unsere Nachbarin wach, eine schwerhörige Seniorin.

»KOMME SCHON!«, brüllte ich zurück,

mindestens ebenso laut. Es war, als würden wir uns einen allmorgendlichen Schreiwettbewerb liefern, wer den anderen zuerst in Grund und Boden geschrien hatte.

Auf dem Weg ins Erdgeschoss sprang ich kurz ins Badezimmer. Eine Wolke Deospray würde hoffentlich ausreichen, um die fehlende Dusche heute Morgen wettzumachen. Die Zahnbürste jagte im Rekordtempo durch meinen Mund und würde jedem Gepard bei der Verfolgung einer Antilope Konkurrenz machen. Kurzes Gurgeln mit einer Mundspülung, dann war die Katzenwäsche abgeschlossen, und ich hetzte die Treppe runter.

In der Küche angekommen, begrüßte mich Tante Honoras vorwurfsvoller Blick, die an der Küchenzeile lehnte und meine Ankunft erwartete. Immerhin ersparte sie mir den üblichen Vortrag, vielleicht weil ich ihn schon über hundert Mal gehört hatte und problemlos rezitieren könnte, selbst wenn man mich mitten in der Nacht aus dem Schlaf reißen würde. Genauso, wie ich ihre gesammelten Weisheiten in all den Jahren hören musste, hatte sie im Umkehrschluss lernen müssen, dass zwischen dem Wissen und der Einhaltung von Regeln himmelweite Unterschiede lagen.

»Werte Dame, vielleicht wäre es eine sinnvolle Idee, die Zeit nicht jeden Morgen bis zur letzten Sekunde auszureizen?«, teilte sie mir neunmalklug mit und warf dabei einen demonstrativen Blick auf die antiquierte Wanduhr, die wie ein ständiges Mahnmal laut tickend ihr Pendel von einer Seite zur anderen schwang. Mehr als einmal hatte ich mit dem Gedanken gespielt, dieses nervige Teil in einer Nacht-und-Nebel-Aktion von der Wand zu reißen und im Vorgarten inmitten ihrer ach-so-geliebten

Tulpen zu beerdigen.

»Werte Tante ...«, antwortete ich nicht weniger ironisch, »keine Sorge, ich werde auch heute nicht eine einzige Sekunde meines ach-so wertvollen Unterrichts verpassen. Das wäre ja auch zu schade.«

Sie seufzte theatralisch, während ich mich auf die geblümte durchgesessene Sitzecke plumpsen ließ, die den Küchentisch umgab. Wäre es nach mir gegangen, hätte ich das Frühstück auch im Stehen oder unterwegs hinunterschlingen können, aber das hätte nur einen weiteren Vortrag zur Folge gehabt, wie ungesund es sei, sich das Essen unachtsam und nebenbei einzuverleiben. Nur eine einzige unkluge Bemerkung, die wie ein winziger Kieselstein einen Berghang hinabrollte und eine ganze Lawine an klugen Ratschlägen auslöste.

»Wieso in aller Welt mache ich mir eigentlich jeden Tag solche Mühen und Sorgen um dich und deine Zukunft, wenn du mich dabei nicht einmal unterstützt?!«, klagte sie lauthals und ich verzichtete, sie darauf hinzuweisen, dass ich mich das genauso fragte. »Ich erwarte ja gar keinen Dank, aber musst du mir mein Leben noch schwerer machen, als es sowieso schon ist?« Sie seufzte theatralisch und fuhr in ihrer Kummertirade fort, wobei ich nicht länger zuhörte. Ihr Klagen ähnelte dem Geschrei der Möwen, das ständig zu hören war und irgendwann zu einem bloßen Hintergrundgeräusch wurde, das man kaum noch wahrnahm.

Die getoastete Sandwichscheibe bekam einen Anstrich mit Erdnussbutter und verschwand mit wenigen Bissen in meinem Mund. Natürlich nicht ohne Tante Honoras Hinweis, ich solle gefälligst vernünftig und gründlich kauen und das Essen nicht so herunterschlingen. Ich nickte beiläufig und spülte die Reste mit einem Schluck Kaffee hinunter. Längst hatte ich es aufgegeben, sie darüber aufzuklären, dass ihr Gebräu wie aufgewärmtes Wasser schmeckte und ein echter Kaffee mindestens dreimal so stark sein müsste.

»Wenn du dich beeilst, kriegst du noch den Bus«, ließ sie mich wissen, als ich aufgegessen hatte und aufstand. Ich schüttelte nur den Kopf. *Als ob sie es nicht besser wüsste?!* Manchmal verhielt sie sich wie eine Nonne, die versuchte, eine untreue lügende Kleptomanin zur Einhaltung der zehn Gebote zu bekehren. Vergebliche Liebesmüh.

Schnell warf ich meine Schultasche um und schnappte mir das Longboard, das einsatzbereit neben der Haustür auf mich wartete. Die kabellosen Kopfhörer würde ich mir erst aufsetzen, wenn ich außer Sichtweite war und sie mich nicht länger aus dem Küchenfenster beobachten konnte.

»Ich versuche doch nur, dich so großzuziehen, wie es deine Eltern getan hätten!«, verteidigte sie sich, als ich aus dem Haus trat und bereits aufbrechen wollte.

Für einen Moment verharrte ich reglos auf der Treppe zum Vorgarten und stand kurz davor, mich umzudrehen und sie anzublaffen. Ihr ins Gesicht zu schreien, dass sie nun einmal nicht meine Mutter war und es auch nie werden würde! Dass sie also gefälligst erst gar nicht versuchen sollte, sie zu ersetzen, denn das würde sowieso nicht klappen!

Doch ich schluckte die Worte hinunter und biss mir auf die Lippen. Ich wusste, dass es ungerecht wäre, schließlich konnte sie nichts dafür, was passiert war.

Aber es war auch nicht meine Schuld.

Obwohl ich mich schuldig fühlte ...

Kapitel 2

Aeryn

Kein Wunder, dass es in Irland eine Schulpflicht gab. Andernfalls wäre unser Klassenraum im Obergeschoss des *Ballinode Community College* zweifellos völlig verwaist, denn freiwillig würde sich das niemand antun. Okay, abgesehen von den Nerds, die ernsthaft glaubten, der trockene Lehrstoff würde sie in irgendeiner Form auf das reale Leben vorbereiten.

Diese ahnungslosen Narren! Ich hatte früh auf die brutale Tour lernen müssen, dass das nicht mehr als eine Illusion war. Nichts konnte einen für die Härten und Tiefschläge des Schicksals wappnen. Wie ein Weihnachtsmann, der einem lächelnd ein Geschenk überreichte, in dem sich ein tollwütiger bissiger Kampfhund verbarg.

»Und? Was meint ihr, welche Gründe bewegten Elizabeth Bennet im Roman *Stolz und Vorurteil* dazu, ihre Vorurteile zu überwinden und zu entdecken, dass in Mr

Darcy mehr steckt, als sie ursprünglich vermutet hatte?«, fragte Mr Burke und schaute sich hoffnungsfroh um.

Unser Englischlehrer war ein untersetzter Mann mit Nickelbrille, einer Halbglatze, die wie die Tonsur eines Mönchs wirkte, und einem unerschütterlichen Glauben an die natürliche Wissbegierde seiner Schüler. Dabei sollte ein Blick in die gelangweilte Runde ausreichen, um ihn eines Besseren zu belehren.

Die dritte Stunde neigte sich dem Ende entgegen und rund die Hälfte der gut zwanzig Schüler meiner Klasse wirkte immer noch so, als wäre sie eben erst aus dem Bett gekrochen. Mich eingeschlossen. Von der anderen Hälfte waren die meisten damit beschäftigt, unter dem Tisch auf ihren Smartphones zu surfen und zu checken, was TikTok & Co. an Trends im neuen Jahr bot. Es war der erste Mittwoch nach dem Jahresbeginn und obwohl die Schule, seit drei Tagen wieder angefangen hatte, fiel es allen schwer, sich damit abzufinden, dass die Weihnachtsferien vorbei waren.

»Vielleicht diesmal jemand anderes als Mara?«, versuchte Mr Burke, den Rest der Klasse zur Mitarbeit zu motivieren. Vergeblich. Schließlich nahm er den schwarzhaarigen Lockenkopf dran, der zwei Reihen vor mir an der Fensterseite saß. Sie war nicht nur mit Abstand die Klassenbeste, sondern mit ihrem unermüdlichen Lerneifer der Liebling aller Lehrer. Was sie automatisch zum Zielobjekt anderer Schüler qualifizierte.

Ich schenkte ihr nur kurz meine Aufmerksamkeit, während sie begann, näher auf die Biografie der Autorin Jane Austen und deren Beobachtung der gesellschaftlichen Stellung der Frau im frühen 19. Jahrhundert einzugehen.

Obwohl ich nicht ansatzweise ihre offensichtliche Begeisterung für Schule und Unterricht teilte, hatte ich kein Problem mit ihr. Sie war meine Spindnachbarin im Flur vor dem Klassenzimmer und so hatten wir zwangsläufig schon das ein oder andere Wort miteinander gewechselt, wenn wir uns zufällig über den Weg liefen. Sie mochte zwar ein Nerd und eine Streberin sein, schien aber ganz okay zu sein. Zumindest wirkte sie nicht so eingebildet wie so manch anderes Mädchen in der Klasse.

Den Rest der Stunde beobachtete ich eine Krähe, die in der alten kahlen Eiche vor dem Klassenfenster herumhüpfte, als wollte sie sämtliche Äste vom Schnee befreien, der sich darauf angesammelt hatte. Vielleicht sollte ich es wie Niven halten, dessen Sitzplatz sich mir schräg gegenüber befand und der fast jeden Tag gähnend leer blieb. Die meiste Zeit schwänzte er den Unterricht und scherte sich nicht darum, dass er dadurch aller Wahrscheinlichkeit nach das Schuljahr wiederholen dürfte. Wenn er nicht gleich vom *Ballinode Community College* runterflog. Hätte ich nicht zu viel Respekt vor Tante Honoras drohenden Schimpftiraden, wüsste ich auch Besseres mit meiner Zeit anzufangen.

Endlich erlöste uns der Gong zur großen Pause und während Mr Burke uns noch hinterherrief, welche Kapitel wir für die nächste Stunde lesen sollten, strömte der Großteil der Schüler bereits aus der Klasse.

Ich warf den Rucksack in den Spind und schnappte mir eine abgewetzte Umhängetasche mit Tarnmuster, die sich unter meinen Sportklamotten verbarg. Die meisten Jungs und Mädchen bewegten sich laut schwatzend und lachend den Flur entlang zur Mensa und dem Pausenhof, doch ich schlug die entgegengesetzte Richtung ein.

Wenig später erreichte ich den Gang zur Sporthalle und den Umkleiden, wählte aber stattdessen eine rostige Metalltür, auf der ein vergilbtes Schild darauf hinwies, dass der Zugang für Schüler verboten war. Was nichts daran änderte, dass der Hausmeister, ein grantiger Säufer namens Mr Smyth, normalerweise einen Fliegenschiss darauf gab, ob der Eingang zum Heizungskeller verschlossen war.

Hier unten in den Eingeweiden der Schule war es warm und stickig und flackernde Neonröhren beleuchteten die Gänge. Ich folgte dem Verlauf einiger dicker Röhren, die den Hauptteil des Tunnels einnahmen und gluckernde Geräusche von sich gaben, als würden in ihnen irgendwelche säurehaltigen Magensäfte ungehorsame Schüler verdauen. Manchmal kreuzten weitere Wege den Gang, durch den ich schritt, und zielsicher nahm ich die Abzweigungen, die mich zu meinem Ziel führten. Hier unten ging es zu wie in einem Labyrinth, und wer sich hier nicht auskannte, konnte sich problemlos verirren. Doch ich war nicht zum ersten Mal hier.

Dann hatte ich meinen Zielort erreicht.

Ein kleiner Raum, in dem auf einer Seite mehrere Boiler standen, während die gegenüberliegende Wand vollkommen leer war. Okay, abgesehen vom bunten Wandbild, das sich quer über eine Hälfte erstreckte.

Geschwind öffnete ich meine Tasche und breitete die Palette mit den Acrylstiften aus, die sich darin verbarg. Zwei Dutzend Farben, mit breiter und dünner Spitze, optimal, um detaillierte und farbenfrohe Bilder auf so ziemlich jeden Untergrund zu malen. Für einen Moment verharrte ich vor der Wand und ließ das angefangene Bild auf mich wirken, um in die richtige Stimmung zu kommen.

Unzählige fantastische Wesen tummelten sich darauf herum und ergaben zusammen ein Wirrwarr aus Formen und Farben. Dazwischen wuchsen Pflanzen, die realen Bäumen und Sträuchern ähnelten, teils aber auch so wirkten, als würden sie von exotischen Planeten stammen.

Ich stellte den Timer auf dem Smartphone ein, damit er mich in zwanzig Minuten daran erinnerte, dass sich die Pause dem Ende zuneigte und ich zurück zum Unterricht musste. Sonst könnte es mir passieren, dass ich in meine Malerei versunken die Zeit vollkommen vergaß, was schon häufiger passiert war.

Nach kurzer Überlegung entschied ich mich für Braun und begann, einen angefangenen Baum zu vergrößern, indem ich ihm neue Äste schenkte. Schnell versank ich im kreativen Prozess des Zeichnens, wie ich es schon immer getan habe. Bereits als Kind hatte ich gern gemalt, wie vermutlich jedes Kind, mit dem einzigen Unterschied, dass ich nie damit aufgehört hatte, als ich älter wurde. Es hatte etwas Befreiendes an sich und gehörte zu den seltenen Zeiten, in denen ich alles andere vergessen konnte. Zumindest für einige wenige Augenblicke.

Ohne darüber bewusst nachzudenken, zeichnete ich eine merkwürdige Kreatur, die wie eine Mischung aus Schlange und Eule wirkte und sich um den Ast schlängelte. Ich malte und erschuf mein Wandbild, ohne auch nur einen einzigen Gedanken daran zu verschwenden, was ich darstellen oder erschaffen wollte. Es war fast so, als würde ich mich selbst überraschen lassen.

Auch diente das Gemälde keinem rebellischen Akt. Obwohl ich bereits das ein oder andere Bild an einem öffentlicheren Ort hinterlassen hatte, ging es mir nicht darum, wie ein Graffiti-Künstler meine Kunstwerke einem breiten Publikum zu präsentieren. Es interessierte mich nicht, ob irgendjemand die Kreationen sah. Ich malte sie allein für mich, wie ein Künstler, der in einem Heim für Blinde die Wände anpinselte.

KRRAANNNNSCHHH ...

Erschrocken fuhr ich herum. Ich hatte schon etliche Pausen hier unten verbracht und mittlerweile so ziemlich jedes Geräusch vernommen, das die Wände und Maschinen von sich gaben. Dieses gehörte eindeutig nicht dazu.

Ich lauschte angespannt und wollte den komischen Klang schon unter der Kategorie Einbildung verbuchen, als er prompt erneut ertönte.

Als wollte er mich verhöhnen. *Oder locken.*

Irritiert stöpselte ich die Kappe auf den Acrylstift und steckte ihn zurück in die Tasche. Ich schaute links und rechts in den Tunnel und versuchte, dort etwas zu erkennen. Die schmutzigen Lampen flackerten in unregelmäßigen Abständen an den Wänden und schufen kleine Inseln des Lichts inmitten der Finsternis.

Normalerweise fürchtete ich mich nicht allein in diesem weitverzweigten Keller, aber nun beschlich mich doch ein mulmiges Gefühl. Das Ende des Tunnels versank in Dunkelheit und plötzlich glaubte ich, am Rand der Schwärze eine Bewegung auszumachen. Wie eine verkrümmte Gestalt, die blitzschnell zurück in die Schatten krabbelte. Auf allen vieren.

»Hallo ...?!«, flüsterte ich so laut, dass man es nicht einmal gehört hätte, wenn man direkt neben mir gestanden hätte.

Mein Verstand riet mir, so schnell wie möglich die Biege zu machen und aus dem Keller zu verschwinden. Aber eine

Flucht würde dazu führen, dass ich hier in Zukunft Angst hätte, und ich war nicht bereit, mir mein persönliches Refugium verderben zu lassen. Wenn ein Apfel eine faule Stelle besaß, musste man sie einfach rausschneiden.

Ich atmete tief ein und nahm allen Mut zusammen. Dann folgte ich dem Tunnel in die Richtung, aus der ich glaubte, das Geräusch gehört zu haben.

Es dauerte nicht allzu lange, bis sich meine Befürchtung bestätigte.

Ich hörte ein heftiges Grunzen und Stöhnen.

Ich war definitiv nicht allein ...

Kapitel 3

Bonny

»Na, wie gefällt dir das, Bonny? Ist das nicht ein Prachtstück?!«, grunzte Tyran lustvoll, als ich seine Manneskraft mit einer Hand umfasste und mit der anderen die Kronjuwelen knetete. »*Hm* … ja, mach weiter so …«

Ich verzichtete darauf, ihm zu bestätigen, dass sein Schwanz in der Tat eine beachtliche Größe besaß. Kein Grund, sein gewaltiges Ego zusätzlich aufzublähen. An mangelndem Selbstbewusstsein litt er sicher nicht. Wobei ich zugeben musste, dass dies eine der Charaktereigenschaften war, die ich an ihm schätzte.

Wer wollte schon mit einem Loser zusammen sein, der sich selbst in Frage stellte und ständig Bestätigung brauchte? Wenn ich ein soziales Hilfsprojekt suchte, würde ich Freiwilligenarbeit im Obdachlosenheim leisten. Doch da konnte ich mir meine Zeit sehr viel besser vertreiben. *Und vor allem befriedigender.*

Ich strich die Finger vor und zurück und glitt über die Spitze seines Schwanzes. Er ließ den Kopf in den Nacken fallen und hielt sich am Metallkasten fest, gegen den er lehnte.

»Ja, so ist gut ...«, stöhnte er und packte mir an die Brust. Er schob seine Hand unter den grünen Sweater meiner Schuluniform und den BH und massierte mir grob den Nippel. Obwohl er nicht besonders sanft oder feinfühlig vorging, keuchte ich nun auch. Ich mochte es, wenn er wild und animalisch wurde, solange es dabei einvernehmlich zuging und er gewisse Grenzen nicht überschritt. Ein lustvoller Klaps auf den Hintern war durchaus stimulierend, aber alles, was darüber hinausging, konnte er gefälligst auf dem Spielfeld an seinem Gegner auslassen.

Sein Daumen und Zeigefinger übertrieben es mit der Brustwarze und ein kurzer Händedruck um seine Eier ließ ihn auch ohne Worte wissen, dass er den Bogen besser nicht überspannen sollte. Gehorsam wie ein gut erzogenes Haustier ging er es wieder etwas ruhiger an. Tyran war wie alle Jungs. Ungehobelte Grobiane, die viel Feinschliff benötigten, um sie in brauchbare Liebhaber umzuerziehen. Wahrscheinlich ein Naturgesetz. Immerhin brauchte es Millionen Jahre und unwahrscheinlichen Druck, um aus einem Stück wertloser Kohle einen kostbaren funkelnden Diamanten zu formen.

»*Ooooh, Baby, jaaa ...*«, keuchte er und ich spürte, wie sich sein eindrucksvolles Sixpack anspannte, als ich ihn ganz langsam in den Mund nahm. Ich besaß genug Erfahrung mit ihm und wusste, was ihm gefiel. Zuerst verwöhnte ich ihn mit der Zunge, unterstützt von den Händen, die meinen Bewegungen folgte. Dann wurde ich schneller und schneller.

Er stöhnte immer geräuschvoller, was kein Problem war. Wenn wir es oben in einer der Toilettenkabinen in der Pause trieben, mussten wir uns am Riemen reißen und darauf achten, dass wir leise blieben. Was auch Spaß machen konnte, aber auf Dauer anstrengend war. Hier unten im Heizungskeller hörte uns kein Schwein und wir konnten so laut sein, wie wir wollten.

Seine Hände hielten mich am Kopf fest und folgten seinen Bewegungen, was ich mir ausnahmsweise gefallen ließ, da es seiner Lust geschuldet war. Normalerweise mochte ich es nicht besonders, dass er mir in den Haaren rumfummelte und meine Frisur durcheinanderbrachte. »Verdammt, Bonny, du ... treibst mich in den Wahnsinn ...«

Selbst wenn ich ihm hätte antworten wollen, wäre das im Moment schlecht gegangen. Ich hatte den Mund mehr als voll. Kurz wägte ich ab, ob ich ihn für das Finale unter meinen Slip lassen wollte, aber dafür war die Pause vermutlich zu weit fortgeschritten. Besser es auf diese Weise zum Ende zu bringen, auch wenn er dadurch hauptsächlich seinen Spaß hatte und sich mein Lustgewinn in Grenzen hielt.

Ich ließ die Finger und den Mund immer schneller vor- und zurückgleiten und seinem Stöhnen nach, würde er nicht mehr lange brauchen. *Gleich ...*

Plötzlich ertönte ein Quietschen und die Metalltür öffnete sich einen Spaltbreit. Ein Lichtstrahl fiel von der Deckenlampe des Flurs in die Abstellkammer, in die wir uns für das Stelldichein zurückgezogen hatten. Der Lichtschein strahlte mir direkt in Gesicht, als wäre ich eine Schauspielerin in Hollywood, die der Beleuchter mit einem

Scheinwerfer in Szene setzen wollte. *Von einem sehr billigen Schmuddelstreifen.*

»WAS ZUM HENKER?!«, entfuhr es mir erschrocken, als ich den Kopf zurückriss und Tyrans Manneskraft aus seiner feuchten Liebkosung entließ. Tyran stöhnte enttäuscht und frustriert auf, doch ich hatte momentan kein Mitleid für ihn übrig. Stattdessen starrte ich fassungslos das Gesicht meiner Mitschülerin an, die uns ebenso überrascht anglotzte und einen Moment brauchte, um zu verdauen, was sie da sah.

Bevor ich sie anblaffen konnte, murmelte sie auch schon eine Entschuldigung, zog die Tür hinter sich zu und war wieder verschwunden.

Wütend richtete ich mich auf und wischte mir die Lippen ab. »Was zum Teufel macht diese Bitch hier unten?! Wie heißt sie noch?« Ich kochte vor Wut und überlegte, bis es mir einfiel. »Aeryn, heißt sie! Diese merkwürdige Tussie mit ihren pinken Haaren! Was macht die hier? Hat die uns etwa hinterherspioniert?!«

»Spielt doch keine Rolle«, versuchte Tyran, mich zu beruhigen, und hielt mich an den Armen fest. Er lehnte nach wie vor mit heruntergelassener Hose gegen den Metallkasten und hoffte offenbar darauf, dass ich zu Ende brachte, was ich angefangen hatte. Doch ich schäumte vor Wut und meine Lust war mir eindeutig vergangen, wie der Rausch einer durchzechten Partynacht, von dem am nächsten Morgen nur ein schmerzvoller Kater übrigblieb.

Das Problem drehte sich nicht um die Tatsache, dass mich jemand dabei erwischt hatte, wie ich meinen Freund beglückte. Es war eher so, dass ich den Heizungskeller und dieses Liebesnest hier als unseren geheimen Rückzugsort betrachtete, ganz egal wie verdreckt und unromantisch er war. Hierher zogen wir uns zurück, um ungestört zu sein und Ruhe zu haben. Und diese dämliche Kuh hatte es gewagt, unseren heiligen Unterschlupf zu stören und zu entweihen.

»Die hat wahrscheinlich noch nie in ihrem Leben Sex gehabt. Wahrscheinlich ist sie so geschockt, dass sie abends im Bett ihr Kissen vollheulen wird und einen Schock fürs Leben hat. Ich bin mir sicher, dass die es keinem Lehrer petzen wird. Immerhin müsste sie dann ja auch erklären, was sie hier unten zu suchen hatte«, bemühte sich Tyran erneut, mich zu besänftigen und mein Augenmerk auf seine langsam erschlaffende Manneskraft zu lenken, die bereits beleidigt die Form einer durchhängenden Banane annahm.

Doch das war sein Problem, nicht meins. Wenn er unbedingt zum Abschluss kommen wollte, sollte er selbst Hand anlegen, schließlich besaß er zwei gesunde Exemplare davon. Auch zweifelte ich nicht daran, dass er wie alle Jungs über genügend Expertise darin verfügte.

»Sorry, Tyran, aber die Alte hat mir die Lust verdorben!«, vertröstete ich ihn, während ich mich darauf konzentrierte, den BH und Sweater zu richten. »Außerdem ist die Pause gleich vorbei, wir müssen schleunigst hoch. Du weiß, wie Ms Sheridan reagiert, wenn jemand zu spät zum Geschichtsunterricht kommt. Darauf kann ich jetzt gut verzichten.«

»Echt jetzt?!«, stöhnte Tyran frustriert wie ein kleiner Junge, dem man einen Schokoriegel geschenkt hatte, nur um ihn sofort wieder wegzunehmen, obwohl er ihn schon ausgepackt hatte.

Ich zuckte mitleidlos mit den Schultern. »Bedank dich gefälligst bei dieser Aeryn! Wenn wir zukünftig hier unten unsere Ruhe und unseren Spaß haben wollen, sollten wir vielleicht dafür Sorge tragen, dass sich diese Bitch hier nicht noch einmal blicken lässt! Was immer die hier überhaupt zu suchen hatte.«

Frustriert stopfte Tyran seinen Schwanz zurück in den Slip und knöpfte sich die Hose zu. Zwischen seinen Augenbrauen zeichnete sich eine tiefe Zornesfalte ab. Jungs waren nicht besonders kompliziert, im Gegenteil. Sie glichen einer simplen Maschine. Wenn man wusste, welche Knöpfe man drücken musste, waren sie so einfach zu manipulieren wie ein geiler Bulle, der notfalls seine Lust sogar an einer Kuhattrappe austobte, um zum Abschuss zu kommen.

»Ich glaube ...«, setzte ich zögerlich hinzu, als hätte der Besuch unserer Mitschülerin tiefe Narben in mir hinterlassen, »ich werde hier unten nicht noch einmal so schnell Sex haben können, solange die sich hier herumtreibt.«

Tyrans Miene verfinsterte sich weiter, sofern das überhaupt möglich war. Entschlossen ergriff er meine Hände und versicherte mir, als würden wir vorm Traualtar stehen und er mir ewige Treue schwören: »Keine Sorge, Bonny, ich werde mich um diese Bitch kümmern!«

Er drückte mir einen Kuss auf die Lippen, um ihr Schicksal zu besiegeln.

»Diese Aeryn wird ihr blaues Wunder erleben!«

Kapitel 4

Bonny

Das *Ballinode Community College* vertrat das Credo, sämtliche Schüler besäßen dieselben Chancen und alle Jungs und Mädchen wären gleich. Wer diesen Schwachsinn glaubte, dem war nicht mehr zu helfen.

Denn spätestens seit der Einschulung wusste jeder, dass unter den Schülern eine strenge Hierarchie herrschte. Wie bei einer Pyramide regierte an der schmalen Spitze die obere Schicht und um zu dieser Elite zu zählen, sollte man mindestens eins von drei Kriterien erfüllen, besser gleich mehrere auf einmal. Man musste reich, hübsch oder sportlich sein.

Direkt darunter folgte das Feld der Schüler, die nichts davon waren. Sie stammten aus keinen besonders wohlhabenden Familien, sahen durchschnittlich aus und wurden im Sport weder zuerst noch zuletzt in die Mannschaften gewählt. Der Elite gegenüber zeigten sie sich unterwürfig, nach unten hin traten sie aber gern aus, um ja nicht abzurutschen.

Die breite Basis der Hackordnung bildete die Gemeinschaft der Loser. Obwohl zahlenmäßig im Vorteil, würden sie niemals die Herrschaft auf dem Schulhof übernehmen, denn all die Freaks, Nerds, Sportnieten und Psychos wollten tief im Inneren nur eins. Sie sehnten sich danach, und sei es nur für einen Augenblick, sich zu einer höheren Schicht dazugehörig zu fühlen. Für sie war der Tag gerettet, wenn sich ein Herrschender einen Moment lang mit ihnen abgab und ihnen das Gefühl schenkte, nicht vollkommen nutzlos zu sein.

Natürlich war es keine Frage, zu welcher Gesellschaftsklasse ich in diesem Zirkus gehörte. Es hatte mich viel Zeit und Energie gekostet, den Thron zu besteigen, und ich ließ keinen Zweifel daran aufkommen, dass während meiner Schulzeit niemand sonst auf den Gedanken kam, die Königin zu stürzen.

»Hast du das Referat über die Aufstände der französischen Revolution fertig?«, fragte ich und zog einen Schmollmund, als wäre ich Marylin Monroe und mein nervöser Mitschüler in Wirklichkeit Arthur Miller, der kurz davor stand, seine erste Nacht mit der Hollywoodikone zu verbringen. »Es ist bewundernswert, wie du dir all diese historischen ... Dinge merken kannst.«

»Kein Problem, Bonny«, schmachtete mich der Nerd an und seine Augen klimperten aufgeregt hinter der dicken Brille. Wahrscheinlich würde er heute beim Duschen von mir fantasieren, wenn er sich anfasste. Was vollkommen in Ordnung war.

»Ich danke dir, Liebster«, hauchte ich und er schwebte

auf Wolke sieben davon, während Kiana, Liath und Nola lauthals kicherten, bevor ich sie mit einem strafenden Blick zum Schweigen brachte. Lachen konnten sie, so viel sie wollten, sobald mein Zuarbeiter außer Hörweite war. Für einen möglichst entspannten Schulalltag war es nötig, sich eine ganze Heerschar an demütigen Dienern aus der Gruppe der Nerds zu halten, die einem bereitwillig bei Hausaufgaben, Referaten und Vorträgen aushalf. Um dies zu erreichen, blieben einem Angehörigen aus der Schülerelite naturgemäß drei Varianten. Verführerische Schönheit, nackte Gewalt oder zur Not Bestechung. Ich musste mir weder die Hände schmutzig machen oder auch nur einen einzigen Cent ausgeben. Ein kokettes Lächeln reichte völlig aus.

»Los, lasst uns hier den Abflug machen«, gab ich das allgemeine Aufbruchsignal. Die Schule war längst aus für heute, doch wie üblich hatten wir noch eine Weile am Eingang des Schulhofs unter der großen Eiche residiert, um die Jungs zu verabschieden und dem niederen Volk Gelegenheit zu geben, seine Aufwartung zu machen.

Dabei hatte ich sogar diese pinkhaarige Aeryn wiedergesehen, die wortlos auf ihrem bescheuerten Skateboard an mir vorbeisauste. Sie hatte mir einen komischen Blick zugeworfen, der definitiv nicht unterwürfig gewirkt hatte. Kurz juckte es mir in den Fingern, ihr eine passende Drohung hinterherzurufen, aber das hätte nur unnötige Fragen meiner Freundinnen aufgeworfen.

Natürlich hatte ich ihnen nicht auf die Nase gebunden, dass ich mich mit Tyran im Keller vergnügt hatte und wir dabei von dieser Schnepfe überrascht worden waren. Wie in der echten Politik gab es auch auf dem Schulhof Dinge, die man besser durch die Hintertür regelte. Und diese Aeryn würde schon noch früh genug merken, dass sie zukünftig den Heizungskeller mied und sich nicht mit ihr anlegte.

Zusammen schlenderten wir zur Bushaltestelle, die ein paar Meter entfernt von der Schule an der *Clarion Road* von Sligo lag. Jede Menge Schüler wartete dort bereits und kurz darauf fuhr der Bus der Linie 449 ein. Für uns die falsche Route, da er in nördliche Richtung zu den ärmlicheren Arbeitervierteln *Farranacardy* und *Rathbraughan* aufbrach. Wenig später traf die Linie 981 ein, in die ich und meine Freunde einstiegen, da sie uns in den Süden brachte, wo im *Aughamore Near* Viertel am Ufer des *Lough Gill* Sees die besser gestellten Familien aus Sligo residierten.

Wie selbstverständlich nahmen wir auf der Rückbank Platz, denn kein einziger Schüler wäre auf die Idee gekommen, uns diese Sitzplätze streitig zu machen. Meine Freundinnen schäkerten mit einigen Jungs vor uns, doch ich hörte nur mit halbem Ohr zu, da ich meine Social Media-Accounts kontrollierte und schnell ein paar Kommentare zu neuen Nachrichten tippte, die in der Zwischenzeit eingetrudelt waren. Das war mir längst in Fleisch und Blut übergegangen, genauso wie ich zu guter Letzt mit der Kamera des Smartphones mein Gesicht begutachtete.

Wie meistens trug ich auch heute einen Seitenscheitel und die langen Haare hingen in leichten Wellen bis auf Brusthöhe hinab. Obwohl sie von Natur aus blond waren, hatte ich sie etwas nachblondiert, damit sie noch heller erstrahlten. Mein Gesicht war schlank mit hohen Wangenknochen, die ich mit Rouge zusätzlich betonte, um mir ein aristokratischeres Aussehen zu verpassen. Die grazile Nase war schmal und leicht geschwungen, dazu die blauen Augen, die ich mit Lidschatten und künstlichen Wimpern hervorhob. Last, but not least, kein allzu greller roter Lippenstift, alles in allem, ziemlich perfekt.

Selbst in dem langweiligen grünen Sweater mit dem gelben Wappen und dem dunklen karierten Rock des *Ballinode Community College* war ich ein echter Blickfang. Wenn sich ein Junge nicht nach mir umdrehte, konnte man getrost darauf tippen, dass er schwul war und sich für Männer interessierte.

»Und?! Kommst du am Samstag zum Spiel gegen die *Ballymote Bears*?«, fragte mich in diesem Augenblick Kiana und riss mich aus meinen Gedanken.

Ich klimperte mit den Augen. »Was glaubst du denn? Wenn wir da nicht auflaufen und unseren Kerlen keinen Anreiz zum Gewinnen geben würden, glaubst du, dass die von allein so erfolgreich wären? Die sind wie Neandertaler! Die wollen uns Frauen auf dem Spielfeld beweisen, was für tolle Kerle sie doch sind. Stimmt's, Glen?!«

Einer der Props-Spieler des irischen Rugby-Teams unserer Schule, der zwei Reihen vor uns saß und nicht nur ein Kumpel von Tyran war, sondern derzeit mit Kiana ausging, grinste breit und trommelte sich wie ein Gorilla auf die Brust. »*HUUURRAY SLIGO, GO, GO, GO!*«, brüllte er den Schlachtruf seines Teams und wie ein Echo erwiderten einige Jungs lauthals seine Grölerei.

Lachend verdrehte ich die Augen und wandte mich schulterzuckend meinen Freundinnen zu. »Seht ihr, wie einfach unsere Jungs gestrickt sind? Was brauchen die schon mehr, als ein Steak, ein paar Guinness und uns Frauen?«

»YEAH, PARTY!«, ertönte prompt die Zustimmung des Hookers und wenig inhaltsvoll ging es weiter, während der Bus eine Haltestelle nach der anderen anfuhr und sich die Sitzplätze allmählich leerten.

Zuerst verließ uns Liath an der *Tonaphubble Road* und als wir schließlich an der *Green Road* hielten, stieg ich selbst aus, allerdings nicht ohne mich von meinen Freundinnen gewohnheitsmäßig mit einem flüchtigen Küsschen auf die Wange zu verabschieden. Draußen schlug ich sofort die langgezogene Allee in Richtung *Lough Gill* See ein.

Selbstverständlich gingen all meine Freunde davon aus, dass ich in einem der prunkvollen Anwesen links und rechts von der Straße wohnte, auch wenn mich nie zuvor eine von ihnen besucht hatte. Genauso wenig wie Tyran oder sonst jemand aus der Schule. Offiziell wegen meiner Eltern, die äußerst streng waren und Besuche meiner Mitschüler ablehnten.

Die Wahrheit sah anders aus.

Als ich mir sicher war, dass der Bus außer Sichtweite war, bog ich in einen Weg zwischen zwei Anwesen ein. Ich folgte dem Feldweg entlang stoppeliger schneebedeckter Felder, was angesichts der Absätze meiner Schuhe dem Versuch gleichkam, auf Zehenspitzen über eine Wiese aus Glassplittern zu staksen. Nichts, das ich nicht schon hunderte Male geübt hätte. Ein einsamer Hase beobachtete mich reglos vom Acker, bevor er in einem Wahnsinnstempo davon hoppelte, als habe er den leibhaftigen Teufel gesehen.

Nach einer guten halben Stunde erreichte ich ein Waldstück und zog aus einem Gebüsch einen rostigen Drahtesel hervor, den ich morgens dort versteckt hatte. *Auf dem Weg zur Schule.*

Geübt schwang ich mich aufs Fahrrad und radelte los. Manchmal tröstete ich mich mit dem Gedanken, dass ich den täglichen Nachhauseweg als Training für die gute Figur und die schlanken Beine betrachten sollte.

Schließlich erreichte ich mein Ziel und passierte den Hintereingang des *Cranmore Trailerparks* in der Nähe der Nationalstraße N4. Viele Campinganhänger standen hier schon seit Ewigkeiten rum, die verblichene Farbe abgeplatzt und mit grünen Flechten oder giftigem Efeu überwuchert. Ein verlassenes kaputtes Kinderdreirad parkte vor einer Dornenhecke und ein rostiges Windrad quietschte traurig vor sich hin. Eine einäugige Katze huschte über den Weg und verschwand im Gebüsch. Selbst frische Farbe und eine Beseitigung all des herumfliegenden Mülls würde nicht darüber hinwegtäuschen, wer hier hauste.

Wer hier lebte, verfügte nicht über genügend finanzielle Mittel, um sich eine Wohnung in der Stadt zu leisten. Niemand wohnte hier freiwillig, ich zumindest ganz sicher nicht. Zum Glück gab es hier keine gleichaltrigen Kinder, die mit mir auf die gleiche Schule gingen. Sonst wäre meine Maskerade schon längst aufgeflogen, wie bei Aschenputtel, das sich pünktlich zu Mitternacht wieder zurück in das arme Mädchen verwandelte, das sie war.

In diesem Augenblick brummte mein Smartphone. Tyran wollte wissen, ob ich ihn am Samstag beim Spiel anfeuern würde und wir danach dort weitermachen würden, wo wir heute in der Schule unterbrochen wurden. »Kann es kaum abwarten ...«, schickte ich ihm zurück.

Ich gab mich keinen Illusionen hin. Ich mochte noch so gut aussehen, aber sollten meine Mitschüler jemals herausfinden, aus welchem Elternhaus ich stammte, würden mich meine Freundinnen oder Tyran fallenlassen, als wäre ich ein glühendes Kohlenstück, an dem sie sich die Finger verbrannten.

Der Fall von der Spitze der Pyramide bis zum Fußvolk war tief und eine Unaufmerksamkeit könnte reichen, um mich vom Thron zu stürzen.

Doch ich hatte nicht vor, meinen wohlverdienten Platz aufzugeben.

Ich würde ein Leben in Klasse und Luxus führen.

So, wie es mir gebührte.

Kapitel 5

Tyran

»*Ich habe heute von dir geträumt. Das Spiel war vorbei, klarer Sieg, und du hast mich mit Spitzenunterwäsche in der Umkleide begrüßt …*«, schickte ich die Nachricht an Bonny raus.

Obwohl ich es halb im Scherz meinte und in Wahrheit vom alten schwarzen Ford Mustang geträumt hatte, den mir mein Vater zum Geburtstag vererbte, starb die Hoffnung bekanntlich zuletzt. Auch wenn die Erfüllung beider Wünsche genauso wahrscheinlich war wie im Matheleistungstest ohne Schummeln mit einer A1 abzuschließen.

»Wem schreibst du da?«, quäkte es von der gegenüberliegenden Tischseite und ich schaute kurz auf. Kailey blickte mich mit ihren riesigen Augen an, während sie es gleichzeitig fertigbrachte, sich einen Löffel voller *Frosties* in den Mund zu schieben. »Deiner Freundin?«

»Weißt du, was einer Katze passiert, wenn sie zu neugierig ist?«, beantwortete ich ihre Frage mit einer Gegenfrage. Ihrem Schulterzucken nach hatte meine sieben Jahre jüngere Schwester nicht den Hauch einer Ahnung. Ich seufzte und riss mich dann zusammen. Anstatt sie darüber aufzuklären, dass es für die vorwitzige Katze selten gut ausging, wies ich mit einem Kopfnicken auf ihren Teller. »Sieh lieber zu, dass du nicht die Hälfte deines Essens auf dem Küchenboden verteilst. Und ja, ich habe meiner Freundin geschrieben. Sie wird nachher hoffentlich beim Spiel gegen die Ballymote Bears dabei sein und mich anfeuern.«

»Wie stehen eure Chancen? Darf ich auch mit? Ich würde dich mindestens genauso laut anfeuern!«

»Ich weiß, Schwesterchen, ich weiß ...«, lächelte ich und freute mich insgeheim über ihre Begeisterung. Doch obwohl ich die kleine Nervensäge vergötterte, konnte ich ihr leider nicht jeden Wunsch erfüllen. »Ich befürchte, dass Brenda heute wieder auf dich aufpasst. Wenn du Glück hast, bestellt sie euch wieder deine Lieblingspizza mit Champignons, Schinken und Salami. Ich werde ihr jedenfalls etwas Geld hinlegen und wer weiß, wenn du sie ganz nett bittest, schaut sie vielleicht sogar noch den *Miraculous* Film mit dir.«

»*Au ja!*«, begeisterte sich Kailey augenblicklich und ich musste grinsen. Obwohl sie mit neun Jahren schon ziemlich clever war, gab es momentan nichts Besseres, um sie von etwas abzulenken, als das Thema auf diese merkwürdigen Zeichentrickfiguren in ihren Superheldenkostümen zu lenken. Das war ungefähr so, als würde man einem Diabetiker eine Torte mit Zuckerguss schenken, inklusive dem Versprechen, er könne bedenkenlos und ohne gesundheitliche Folgen zuschlagen. »Weißt du eigentlich, dass Marinette mit ihrem Jo-Jo Akumas einfangen und sie sogar reinigen kann? Natürlich erst, nachdem der weiße Schmetterling von Hawk Moth in ein Akuma verwandelt wurde. Eigentlich sind sie von Natur aus gar nicht böse, sondern halt nur mit negativer Energie aufgeladen. Und wusstest du, dass der Name Akuma aus dem Japanischen stammt? Was glaubst du, bedeutet er eigentlich?«

»*Ähm* ... Motte?!«, riet ich spontan, obwohl sie mich genauso gut hätte fragen können, welche Disneyhelden das beste Traumpaar abgaben. Ich hatte nicht den blassesten Schimmer.

Ein Blick auf die sportliche Armbanduhr bestätigte mir, dass ich mich langsam sputen musste. Zwar war es erst kurz nach acht, aber bis ich die Küche aufgeräumt, mich um Kailey gekümmert und selbst fertiggemacht hätte, würden mindestens zwei Stunden verstreichen. Dann der Weg zum *Knocknarea Arena* Stadium, eine Mahlzeit zum Mittag, die genügend Power gab, ohne schwer im Magen zu liegen, danach das Aufwärmtraining und schließlich das eigentliche Spiel.

Ich schaufelte das restliche Porridge mit dem kleingeschnittenen Obst in mich hinein und stand auf, um schon einmal mit dem Abräumen anzufangen. Liebevoll wuschelte ich Kailey durch die Haare, die den gleichen Braunton wie meine besaßen. Nur dass meine an den Seiten und hinten extrem kurz waren und oben ein paar wirre Strähnen abstanden, damit sie mich beim Laufen nicht störten, wohingegen ihre Locken bis über den halben Rücken reichten. Während mein scharfgeschnittenes

Gesicht mit dem kantigen Kinn eher dem unseres Vaters ähnelte, entsprachen ihre weichen Gesichtszüge dem Antlitz von Mum. Zumindest so weit man es auf den Fotos von ihr erkennen konnte. Wir beide besaßen braune Augen, die ungefähr der Farbe von Kastanien glichen.

Gerade, als ich begann, meine Porzellanschale in der alten Spüle auszuwaschen, öffnete sich knarrend die Küchentür. Ich erwartete Dad und war umso erstaunter, als eine brünette Frau hereinkam, die wie selbstverständlich zur Kaffeemaschine schlurfte. Sie trug ein langes weites kariertes Hemd, das ich von Dad kannte. Es hing ihr locker wie ein zu kurzes Kleid über den offensichtlich knackigen Hintern und ich fragte mich unwillkürlich, ob sie darunter wenigstens einen Slip trug?

»Hallo Kiddies …«, grüßte sie uns beiläufig, während sie anstatt zu fragen, einen Küchenschrank nach dem anderen öffnete, bis sie einen passenden Becher gefunden hatte. Kailey schaute mindestens so verdattert wie ich aus der Wäsche und ich fühlte mich genötigt, die Initiative zu ergreifen.

»*Ähm* …«, begann ich zögerlich, bevor sich meine Verärgerung im Ton niederschlug. »Wer zum Henker bist du bitte schön?!«

»Ich bin Rois …«, antwortete sie, während sie sich dampfenden Kaffee in den Becher goss, als wäre sie in einem Hotel und stünde am Büffettisch. »Irgendwo Zucker?«

»Was zum Teufel hast du in unserer Küche verloren?!«, brach sich meine Wut Bahn und ich hatte Mühe, nicht noch lauter zu werden. Am liebsten hätte ich die Fremde an den Haaren gepackt, sie aus der Küche gezerrt und aus der Wohnung geworfen.

»Sofern ich mich richtig erinnere, gehört unser Haus und somit unsere Küche immer noch mir, oder etwa nicht?!«, ertönte Dads raue Stimme. Er schlurfte barfuß herein und schenkte mir einen stechenden Blick, als wäre ich einer von den Kleinkriminellen, die er tagsüber in seinem Job in ihre Schranken verwies.

Untenrum trug er seine dunkle Diensthose, obenrum nur ein weißes Unterhemd, das angesichts der Flecken dringend nach einer Wäsche schrie. Aber alle Arbeiten rund um den Haushalt waren noch nie so sein Ding gewesen. Was auch den bedauernswerten Zustand des alten Hauses im *Rathedmond* Viertel erklärte. Einst in den fünfziger Jahren erstrahlte das kleine Einfamilienhaus mit dem winzigen Garten bestimmt prachtvoll in neuem Glanz, doch mittlerweile glich es einer heruntergekommenen Bruchbude, deren Fensterrahmen nicht mehr richtig schlossen und das langsam verfiel. Früher wuchsen im Garten Obst, Gemüse und Blumen, heute wucherte dort nur noch ein undurchdringlicher Dschungel.

Würde ich nicht ab und zu eine Waschmaschine anstellen oder mich darum kümmern, dass Kailey neue Kleidung bekam, wenn sie aus ihren alten Klamotten rausgewachsen war, würde meine Schwester vollkommen verwahrlosen. Auf dem Weg zur Kaffeemaschine gab Dad der Unbekannten namens Rois einen deftigen Klaps auf den Hintern, woraufhin sie wie ein Kleinkind laut giggelte.

Ich ballte die Hände zu Fäusten und musste mich zusammenreißen, um nicht ausfallend zu werden. Sollte er doch meinetwegen jeden Abend irgendwelche Tussis aus dem Pub abschleppen und vögeln, aber konnte er dann nicht wenigstens dafür sorgen, dass sie am nächsten Morgen verschwunden waren und Kailey von ihrem Anblick verschont blieb?

»Und?! Wird Rois länger bleiben und unsere neue Mutter werden?«, fragte ich sarkastisch nach und schlagartig verfinsterte sich seine Miene. Knurrend stellte er den dampfenden Kaffeebecher ab, den er sich eben eingegossen hatte, und trat einen Schritt auf mich zu, bis sich unsere Nasenspitzen fast berührten.

»Willst du mir irgendetwas sagen?!«, zischte er und sein alkoholgeschwängerter Atem schlug mir stinkend entgegen. Trotzdem wandte ich mich nicht ab und hielt seinem Blick stand.

»Nichts, das du nicht schon weißt!«, erwiderte ich ebenso unterkühlt und ließ ihn nicht aus den Augen. Obwohl er äußerlich relativ beherrscht wirkte, verriet ihn das Mahlen seiner Kiefermuskeln, ein untrügliches Zeichen dafür, dass es ihn in den Fingern juckte.

Kailey saß am Küchentisch und schwieg abwartend, genau wie ich es ihr beigebracht hatte. Ansonsten lief sie Gefahr, dass sich seine Wut auf sie richtete, und das wollte ich unter allen Umständen verhindern. Seine neueste Bekanntschaft lehnte derweil an der abgeranzten Küchenzeile und beobachtete uns, während sie entspannt ihren Kaffee schlürfte. Fast so, als wäre sie eine Henne, die mit regem Interesse den Kampf zweier Hähne verfolgte, die sich um das Revier stritten.

»Und?! Sind wir hier fertig?«, knurrte ich und bereitete mich darauf vor, dass er ausholte und zuschlug.

Es brodelte unübersehbar in ihm und er stand kurz davor überzukochen wie ein Vulkan, dessen glühende Lava sich im Inneren zu lange aufgestaut hatte. Dann aber veränderte sich schlagartig sein Gesicht und er präsentierte mir sein falsches Haifischgrinsen. »In der Tat sind wir hier fertig!«, ließ er mich gönnerisch wissen und wandte sich dieser Rois zu, um sie mit einem Kopfnicken Richtung Flur zu bugsieren. »Komm, lassen wir meine Brut weiter frühstücken und widmen uns lieber unseren eigenem Frühstück. Ich wette, du hast schon gewaltigen Hunger ...«

Sie stimmte gackernd in sein dreckiges Lachen ein und verschwand mit ihm aus der Küche. Kurz darauf hörte ich die Schlafzimmertür zuknallen und hoffte nur, dass sich sein Zorn durch den Bettsport wieder verflüchtigen würde, wenn er später rauskam und ich nicht mehr da war.

Aufatmend wandte ich mich Kailey zu. »Alles okay mit dir?«

Sie nickte nur und ich schickte sie auf ihr Zimmer, während ich die Küche aufräumte. Einmal mehr erfüllte mich brodelnde Wut, dass uns Mum einfach so verlassen und mit diesem saufenden Monster alleingelassen hatte.

Dabei war ich ihr nicht böse, dass sie gegangen war.

Nur dass sie uns nicht mitgenommen hatte.

Kapitel 6

Tyran

Meine Haare waren klitschnass und Schweiß lief mir die Stirn herunter. Ich wischte ihn mit dem Handrücken weg, während ich gebückt über dem Rugbyball hockte und auf den Pfiff des Schiedsrichters wartete.

Es stand 45:39 für die Gäste aus Ballymote und das Spiel war fast vorbei. Noch gut eine Minute, bevor der Abpfiff ertönte und die *Ballymote Bears* als Sieger vom Platz gehen würden. Natürlich war es keine Schmach gegen das spielstarke Team zu verlieren, das mit seiner bärenstarken Offensive nicht umsonst als eine der stärksten Mannschaften aus dem County Sligo galt.

Auch wir, die *Sligo Shamrocks*, hatten dieses Jahr ein gutes Team, doch wenn wir unsere Chance auf die diesjährige Meisterschaft in der Grafschaft wahren wollten, durften wir das Spiel nicht verlieren. *Und ich wusste, auf wen es ankam!* Das waren die Matches, die die Spreu vom

Weizen trennte. In der mittelprächtige Spieler scheiterten, während die wirklich überragenden Kämpfer über sich hinauswuchsen und zu Helden wurden.

»SLIGO SHAMROCKS! … SLIGO SHAMROCKS! … SLIGO SHAMROCKS!«

Die Fangesänge schallten lautstark von den Zuschauerrängen und dazu erklangen die rhythmischen Trommeln, die von den Hardcore-Fans zu jedem Match mitgebracht wurden. Es war das erste Spiel der Rückrunde und dann gleich so ein wichtiges. Obwohl die Temperaturen nur knapp über null lagen, war kaum ein Platz leergeblieben, vor allem weil uns mit den *Ballymote Bears* eine alte sportliche Rivalität verband, die schon unsere Vorfahren in legendären Matches zelebriert hatten.

Keine Frage, dass das Spiel, ganz egal, wie es ausgehen würde, heute Abend in jedem Pub rund um Sligo Gesprächsthema Nummer eins wäre.

Gleich war es so weit! Der Schiedsrichter trat einen Schritt zurück und ich machte mich bereit. Die Schreie der Fans und das Trommeln schmolzen zu einem fernen Hintergrundgeräusch zusammen. Längst hatte ich dem Scrum-Half hinter mir mit einem geheimen Handzeichen den nächsten Spielzug signalisiert. Kein komplizierter moderner Schnickschnack, wie unser Coach es so liebte, sondern ein klassischer simpler Frontalangriff, der allein auf das Geschick der Flankers setzte.

Genauer gesagt, auf mich.

Wenn es gelang, wäre ich der Held, wenn nicht, der Loser.

Mein Atem kondensierte in weißen Wölkchen vor dem Gesicht und der ganze Körper dampfte in der Kälte.

TRRRRIIIIIEEEEEEEEEE ...

Der Pfiff gab den Startschuss und im gleichen Augenblick warf der Scrum-Half den Rugbyball blind durch die Beine nach hinten, während ich losstürmte. Ich musste darauf vertrauen, dass ihn die Nummer 8 fing und ihn die Locks aus unserem Team abschirmten. Zumindest lange genug, bis er den alles entscheidenden Pass tätigen konnte.

Wie ein schnaufender Stier, den man aus dem Käfig gelassen hatte, spurtete ich los. Hundertneunzig Pfund geballte Muskelkraft, aufgeputscht mit körpereigenem Adrenalin, das durch meine Adern pumpte.

Der bullige Fullback der Gegner rannte auf mich zu und ich schlug einen Haken, so dass er mich knapp verfehlte. Ein weiterer Verteidiger stürmte schnaufend heran, wurde jedoch von einem Prop aus unserem Team zuvor getackelt und zusammen küssten sie den Boden. Genau die Lücke, die ich brauchte.

Wie ein führerloser Zug auf Amokfahrt preschte ich vorwärts, wobei ich erstmals einen Blick über die Schulter warf. Passend in dem Augenblick unsere Nummer 8 den Ball schleuderte. Ein weiter Wurf, perfekt gezielt und geworfen, aber zu lang ...

Doch aufgeben war keine Option! Ich rannte, als wäre mir eine Horde Dämonen auf den Fersen und als würde gleichzeitig eine Gruppe nackter Cheerleaderin hinter der Torlinie auf mich warten. Die Menge kreischte in einer anderen Welt, aber ich nahm sie kaum wahr.

Wie in Zeitlupe sah ich einen weiteren Verteidiger der *Ballymote Bears* heranstürmen, der kein anderes Ziel kannte, als mich umzureißen. Ich rammte ihn mit voller Wucht die Schulter entgegen und er flog zur Seite weg, als wäre er ein Kegel und ich die Bowlingkugel. Trotzdem brachte mich der Aufprall aus dem Gleichgewicht und ich taumelte vorwärts, kurz davor zu stürzen. Im letzten Moment konnte ich mich fangen und rannte weiter.

Ich streckte die Arme aus, während der Rugbyball sich immer tiefer senkte. Dann sprang ich in die Höhe. Im gleichen Augenblick hämmerte ein feindlicher Flanker in meine Seite und ich hob unfreiwillig ab. Eine Welle des Schmerzes durchfuhr meinen Körper, doch ich drehte mich in der Luft und griff im letzten Moment zu.

Mit dem Rugbyball in den Händen prallte ich auf die Erde und stieß keuchend die Luft aus. Panisch blickte ich mich um. Meine Hände waren wenige Zentimeter hinter der Torlinie.

Der gellende Pfiff des Schiedsrichters ertönte und die Zuschauer, die kurz zuvor noch atemlos die Luft angehalten hatte, flippten nun vollkommen aus. Es war, als hätte man einer Horde wilder Schimpansen eine Tüte Koks geschenkt. Fünf Punkte, die den Spielstand auf 45:44 erhöhten. Doch uns blieb die Erhöhung und somit die Chance, zwei weitere Punkte zu erzielen.

Selbstverständlich ließ ich es mir nicht nehmen, den Kick persönlich auszuführen. Es war so still, dass man eine Stecknadel hätte fallen hören. Ich trat wuchtig zu und der Rugbyball schoss zwischen den Torstangen und über der Latte in den Himmel hinauf. ZWEI WEITERE PUNKTE UND DER SIEG!

Das Publikum rastete aus und der Pfiff des Schiedsrichters, der kurz danach das Spiel offiziell beendete, ging im Jubel und Geschrei der Fans unter, von denen ich nur gedämpft etwas mitbekam.

Ich war begraben unter der Traube meiner Mitspieler, die sich alle vor Freude auf mich geworfen hatten und mich lautstark feierten. Jeder normale Mensch hätte angesichts des Gewichts wahrscheinlich um Erlösung gebeten, doch ich nahm es kaum zur Kenntnis. In diesem Moment schwemmten die Endorphine sämtliche Schmerzen in meinem Körper hinweg, wie eine Flutwelle, die eine Sandburg am Strand mit sich riss, als hätte sie nie existiert.

Es dauerte eine gute Stunde, bis wir fertig geduscht und angezogen die Umkleide verließen, nachdem wir zur Feier des Tages bereits ein Guinness auf den Erfolg getrunken hatten. Normalerweise hielt unser Trainer nichts von Alkohol direkt nach einem Spiel, aber angesichts des heutigen Sieges machte er eine Ausnahme und drückte beide Augen zu. Zumal es mit Sicherheit heute nicht das letzte Bier bleiben würde.

»Da ist ja unser Held!«, begrüßte mich Bonny strahlend, als wir das Gelände der Sportarena verließen. Sie kam durch den Schneematsch auf dem Parkplatz auf mich zugelaufen, fiel mir um den Hals und drückte mir einen leidenschaftlichen Kuss auf den Mund. »Den hast du dir redlich verdient!«

»Ich hoffe, nicht nur den«, erwiderte ich strahlend und meine Hand wanderte auf ihren Knackarsch.

»Lass dich überraschen«, vertröstete sie mich mit einem vielversprechenden Augenzwinkern auf später und ich konnte mir ein lüsternes Grinsen nicht verkneifen. Um uns herum begrüßten meine Kumpels die Mädelclique und einige davon waren so wie Bonny und ich ein Paar und tauschten innige Küsse aus.

Arm in Arm wanderten wir in Richtung Innenstadt und begegneten unterwegs immer wieder Fans, die das Match gesehen hatten und nun genauso wie wir auf dem Weg waren, den Ausgang des Spiels gebührend zu feiern. Nicht wenige applaudierten uns zu und beglückwünschten uns, wenn sie uns erkannten. Ich musste zugeben, dass es wesentlich Schlimmeres gab.

Das *Knocknarea Arena* Stadium lag neben dem Schulgelände des *Ballinode Community College* und von hier war es ungefähr ein halbstündiger Marsch bis in die Innenstadt. Wir hätten theoretisch den Bus nehmen können, doch wir gingen lieber zu Fuß. In weiser Voraussicht hatten ein paar Mädels in ihren Handtaschen Flachmänner dabei, deren hochprozentiger Inhalt uns half, die winterliche Kälte in Schach zu halten.

Sichtlich gut drauf tanzte Bonny vor mir auf dem Bürgersteig herum, als wollte sie mein Vorstellungsvermögen anregen, was heute Abend noch alles folgen würde. Was das anging, hatte ich eine recht blühende Fantasie und freute mich schon jetzt darauf, wie die Nacht enden würde. Vielleicht würden wir gemeinsam in der sturmfreien Bude eines Freundes übernachten und uns ins leere Elternzimmer zurückziehen, um dort ganz erwachsene Dinge zu tun.

»So wie du aussiehst, sind deine Gedanken gerade alles andere als jugendfrei?!«, mutmaßte Bonny und traf damit den Nagel auf den Kopf. Ich lachte nur, während sie eine weitere Pirouette drehte, bei der ihr Rock wie ein schwarzes Karussell um sie herumwirbelte und einen kurzen Ausblick auf ihren knallroten Slip offenbarte. Ich hegte keine Zweifel, dass ihr das vollkommen bewusst war und sie es gezielt darauf anlegte.

»Ich habe niemals sündige Gedanken«, ließ ich Bonny wissen, was sie schnaufend zur Kenntnis nahm. Anscheinend glaubte sie mir kein Wort, was ich ihr nicht verdenken konnte. Allerdings blieb es mir ein Rätsel, wie es den Mädels in ihren knappen sexy Outfits gelang, dass ihnen nicht vor Kälte die Beine schlotterten, aber ich war der Letzte, der sich darüber beschweren würde.

»Also, Mädels, wie sieht der Plan aus?«, hakte ich nach, als wir die *Holborn Hill* Straße und somit die Innenstadt erreichten. »Zuerst irgendwo was essen und uns danach in einem Pub abschießen?«

Zustimmendes Gegröle von allen Seiten, zumal es unserem traditionellen Abendprogramm entsprach, das wir jedes Wochenende zelebrierten. »Worauf habt ihr Hunger? Eine Runde Burger und Chips im *Flipside*, klassisch Irisch im *Hooked* oder Indisch für alle beim *Thindi*?«

Das waren die üblichen Verdächtigen, bei denen wir in der Regel einkehrten, und ich tippte bereits auf das *Flipside*, doch überraschenderweise schüttelte Bonny den Kopf.

»Zur Feier des Tages würde ich heute gern mal etwas Neues ausprobieren«, verkündete sie und erntete von allen Seiten erstaunte Blicke, mich eingeschlossen. Was sie jedoch nicht sonderlich störte. Manchmal erinnerte sie mich an eine launische Katze, die nur das machte, was ihr in den Kram passte und worauf sie Lust verspürte.

»Ich würde heute gern mal das *Crispy Chicken* in der Nähe vom Omniplex Kino ausprobieren«, verkündete sie freudestrahlend, als würde sie uns mitteilen, dass wir heute allesamt in einem vier Sternerestaurant dinieren würden.

»Und was ... ist daran so besonders?«, fragte ich irritiert, denn ich hatte einen Bärenhunger und bis dahin wäre es eine weitere halbe Stunde Fußmarsch.

Sie schien abzuwägen, ob sie mir den Grund verraten sollte, und zuckte schließlich mit den Schultern, als wäre es keine große Sache.

»Ich habe herausgefunden, dass dort jemand ganz Besonderes am Wochenende aushilft«, ließ sie die Katze aus dem Sack.

Ein erwartungsvolles entschlossenes Lächeln stahl sich auf ihr Gesicht.

»Mit dem ich noch ein Hühnchen zu rupfen habe …«

Kapitel 7

Mara

Ich bleibe dabei, es ist Fantasy!«, verkündete Brian und schlürfte an seiner Cola. Er tunkte eine Pommesstange in den Ketchup und hielt sie demonstrativ nach oben. »Nur weil etwas auf den ersten Blick wie ein blutiger Fingerstummel aussieht, bedeutet das noch lange nicht, dass es auch einer ist!« Wie zur Bestätigung stopfte er sich die Pommes in den Mund und kaute genüsslich darauf herum.

»So ein absoluter Schwachsinn«, widersprach Patrick, der ungefähr halb so dünn wie Brian war. Er rückte sich die Brille auf der Nase zurecht und musterte seinen Kumpel durch die dicken Gläser, als würde er ernsthaft an seiner geistigen Gesundheit zweifeln. Auf seinen Wangen zeichneten sich rote Flecken ab, die sich dort jedes Mal breitmachten, wenn er sich aufregte und ihn so aussehen ließen, als hätte er soeben einen Langstreckenlauf hinter sich. »John Wick zählt ganz eindeutig nicht zum Fantasy

Genre! Das wäre fast so, als würdest du behaupten, die Star Wars Filme wären Comedy und kein Science Fiction.«

»Wobei der Auftritt von Jar Jar Binks in Episode 1 durchaus komödiantische Aspekte hatte«, mischte sich daraufhin Sullivan ein, um die Diskussion endgültig aus dem Ruder laufen zu lassen.

Wie fast immer hielt ich mich zurück und genoss einfach nur die gemeinsame Zeit mit meinen Freunden. Zumal ich genau wusste, dass sie es zwar liebten, sich verbal bis zur totalen Vernichtung zu duellieren, sie aber wie echte Ehrenmänner niemals zu Tiefschlägen greifen würden. In letzter Konsequenz hielten sie wie die drei Musketiere zusammen, mit mir als adoptierter Jean d'Arc in ihrer Mitte. Wobei ich mit meiner dunklen Hautfarbe, dem krausen schwarzen Lockenkopf, dem Schmollmund und der großen Brille sicher nicht dem traditionellen Bild der französischen Kriegerin aus dem fünfzehnten Jahrhundert entsprach.

»Mara?!«, wandte sich Brian an mich und blickte mich erwartungsvoll an. »Würdest du bitte diesen beiden Schwachmaten erklären, dass John Wick vollkommen unrealistisch ist und somit automatisch die Grundkriterien für Fantasy erfüllt? Fantasy stellt per definitionem übernatürliche Elemente in den Vordergrund, die sich oftmals bekannter Motive alter Mythen und Sagen bedient!« Triumphierend schaute er zuerst Patrick und Sullivan an, bevor sein Blick beifallheischend wieder zu mir wanderte. »Habe ich nicht recht?«

Ich verdrehte die Augen und biss schnell in einen krossen Chicken Wings, für die das *Crispy Chicken* so bekannt war. Zusammen mit der süßen Chili-Sauce waren sie unwiderstehlich und einer der Hauptgründe, weshalb wir so gern nach unserem traditionellen Kinobesuch am Samstagabend hier aufliefen. Die drei Jungs sahen mir ungeduldig beim Kauen zu und ihre erwartungsvollen Gesichter ließen keinen Zweifel daran, dass sie nicht eher Ruhe geben würden, bis ich in dieser Frage ein Machtwort gesprochen hätte. Spätestens in solchen Momenten wirkten sie auf mich wie kleine schelmische Brüder, die sich um ihr Lieblingsspielzeug stritten und auf ein salomonisches Richterurteil von ihrer Mum warteten.

»Also, es ist ganz einfach ...«, begann ich zögerlich, nachdem ich zu Ende gekaut und mir den Mund mit der gelb-karierten Serviette abgewischt hatte. »Leider hat keiner von euch recht. Tatsächlich sind die John Wick Streifen weder reine Action noch Fantasy Filme, sondern politische Art House Movies mit Anleihen aus den Genres Italo-Western und japanische Samurai-Filme. Gewürzt mit einer bleihaltigen Prise aus Motiven klassischer Revenge-Geschichten.«

Für einen Augenblick starrten mich alle drei fassungslos an, als hätte ich ihnen eben offenbart, dass Aliens längst unter uns weilten und ich ihre Anführerin war. Dann brach es gleichzeitig aus ihnen raus und sie quatschten wild durcheinander.

»So ein Schwachsinn! Welche politische Aussage soll denn dahinterstecken?«

»Freies Waffenrecht für alle, ist doch logisch!«

»So gesehen wäre John Wick also ein politischer Friedensstifter wie Nelson Mandela?«

»Meiner Meinung nach, spricht schon allein ihr Budget gegen die Kategorisierung als Arthouse-Film. Kann ein Blockbuster überhaupt ein Kunstfilm sein?«

Bevor ich auch nur eine ihrer Fragen beantworten oder argumentativ abschmettern konnte, wurde ich von Aeryn erlöst. Sie trat mit einem Tablett an unseren Tisch und begann, die leeren Teller und Becher abzuräumen. Wir kannten das pinkhaarige Mädchen aus der Schule, wo sie mit uns in die gleiche Klasse ging und zudem meine Spindnachbarin war. Am Wochenende jobbte sie hier im Imbiss und tauschte ihre grüne Schuluniform gegen eine quietschrote Schürze zusammen mit einer grellen gelbe Bluse, die alle Bediensteten im *Crispy Chicken* als Arbeitskleidung trugen.

»Darf es noch was sein?«, erkundigte sie sich und wie jeden Samstag bestellten wir noch vier Slush-Eis. Außerdem Cola für Brian, zweimal LemonTea für Patrick und mich und einmal Gummibärchen für Sullivan, was der Rest von uns für eine geschmackliche Entgleisung hielt, ganz egal wie oft er uns versicherte, dass es die leckerste Sorte von allen wäre.

Ich lächelte Aeryn entschuldigend zu, in der Hoffnung, dass wir mit unserer leidenschaftlichen Diskussion nicht zu laut waren. Zwar kannte ich sie nur von den wenigen zufälligen Begegnungen am Spind, aber sie machte einen sympathischen, wenn auch recht verschlossenen Eindruck auf mich. Ich sah sie nur selten mit anderen Schülern abhängen. Meistens düste sie direkt nach dem Unterricht auf ihrem Skateboard davon, so dass ihre Haare wie eine farbige Fahne hinter ihr herflatterten. Doch sie schien sich nicht daran zu stören, dass wir vier hier das gesamte Diner unterhielten, zumal außer uns nur eine weitere Familie, zwei übergewichtige Eltern mit ihren beiden pummeligen Kindern, anwesend war. Was sich jedoch genau in diesem

Moment änderte.

Die Glastür wurde aufgestoßen und bimmelte empört, woraufhin ein Dutzend Jugendlicher hereinströmte. Ungefähr die Hälfte davon war Jungs, die andere Mädels und ich erkannte die meisten sofort wieder, da auch sie aufs *Ballinode Community College* gingen. Die Jungs schienen alle zum örtlichen Rugbyteam zu gehören und ihrer ausgelassenen Stimmung nach, hatten sie das heutige Spiel wohl gewonnen. Was mir ungefähr genauso wichtig war wie der Austragungsort der tibetanischen Curlingmeisterschaft.

Während die Horde Gorillas in ihren Vereinsklamotten zielstrebig die Theke ansteuerte, blickten sich die Mädels um, allen voran ihre Anführerin Bonny. Natürlich kannte ich sie, da wir leider allzu häufig Opfer ihrer Lästerattacken auf dem Schulhof wurden. Schon allein deshalb, weil wir die Frechheit besaßen, Schule, Unterricht und Lernen nicht als reine Zeitverschwendung zu betrachten. Hinzu kam, dass wir vier uns standhaft weigerten, für irgendeinen der Bullys die Hausaufgaben zu erledigen, was uns definitiv keine zusätzlichen Pluspunkte einbrachte.

Im Stillen hatte ich gehofft, dass uns die Gruppe nicht weiter beachten und lieber ihren Sieg in dieser primitiven Machosportart feiern würde, doch bedauerlicherweise wurde ich prompt eines Besseren belehrt.

Die Mädels steuerten zielstrebig auf uns zu, fast so, als hätten sie uns gesucht.

Bonny stolzierte vorweg, als würde sie einen Laufsteg auf einer französischen Modeshow entlangschreiten. Ihr kurzer Rock war für die Wintertemperaturen ungefähr so passend wie eine Daunenjacke tagsüber in der Wüste, wobei sie im Gegensatz zu vielen ihrer Freundinnen immerhin eine schwarze Strumpfhose trug.

»Na, ihr Nerds ... und Freaks!«, begrüßte sie uns gehässig und baute sich vor uns auf, die Hände in die Hüften gestemmt. Ihr Blick schweifte über uns hinweg und blieb schließlich länger an Aeryn hängen, als hätte sie mit ihr besonderen Beef. Eigentlich hätte es sich die pinke Skaterin einfach machen und hinter den Tresen des Diners zurückkehren können, doch sie blieb demonstrativ gelassen stehen und ließ sich offenbar nicht so schnell von der wenig schmeichelhaften Begrüßung einschüchtern.

Bevor jedoch irgendwer auch nur die Chance bekam, darauf etwas zu erwidern oder gar die unterschwellige Feindseligkeit wie eine Bombenexpertin für verbale Zündstoffe zu entschärfen, entschied sich Brian dazu, weiter Öl ins Feuer zu gießen.

»Na, ihr schulischen Überflieger! Braucht ihr mal wieder Hilfe bei einem Geschichtsreferat oder einer Matheaufgabe? Dafür sollten wir am besten bei den Grundlagen anfangen. Eins plus eins ergibt ...«, begann er und sprach dabei so langsam, als würde er Kleinkindern etwas erklären, »*zweeeeiiiiii.*«

Für einen Moment starrten ihn die aufgebrezelten Mädels fassungslos an, als müssten sie ernsthaft darüber nachdenken, ob er sie veräppeln wollte oder es tatsächlich ernst meinte. Doch selbst bei ihnen machte es irgendwann *Klick* und sie kapierten, dass er ihnen gerade kein Kompliment unter die Nase gerieben hatte.

»Du Freak!«, spuckte ihm Kiana entgegen, eine von Bonnys engagiertesten Lästerschwestern, die ihm momentan am nächsten stand und sich offenbar angesprochen fühlte. Doch sie ließ es nicht bei einer verbalen Retourkutsche, sondern verpasste ihm eine saftige Ohrfeige.

Das war wohl der Moment, wo die Situation vollkommen aus dem Ruder lief.

Oder als Brian ihr spontan antwortete, diesmal ohne Worte.

Stattdessen spritzte er ihr seinen restlichen Slush-Eis ins Gesicht.

John Wick ließ grüßen ...

Kapitel 8

Mara

Das ... wirst du bitter bereuen!«, stammelte Kiana, während ihr das Cola-Slush-Eis vom Gesicht auf die weit ausgeschnittene Bluse tropfte, die nun dringend eine Wäsche benötigen würde.

Dann ging sie wie eine Furie auf Brian los. Mit ausgestreckten lackierten Fingernägeln versuchte sie, ihm das Gesicht zu zerkratzen, als wäre sie eine Katze, der man die Krallen schneiden wollte. Er musste sich mit vollem Körpereinsatz verteidigen, um nicht zerfetzt zu werden.

Ich war vollkommen baff und wie gelähmt, denn normalerweise waren Brian und meine Kumpels die Friedfertigkeit in Person. Dass sie handgreiflich wurden, hatte ich noch nie erlebt, zumal sie dafür alles andere als optimale physische Voraussetzungen mitbrachten. Ein Hase würde schließlich auch nie auf die Idee kommen, mit einem Fuchs in den Boxring zu steigen.

Als Patrick und Sullivan in bester Musketiertradition ihren Freund zu verteidigen begannen, fühlten sich auch die restlichen Mädels aus Bonnys Clique dazu berufen, tatkräftig mitzumischen.

»Hört doch auf! Bitte, hört auf!«, sprang ich auf und versuchte mich als die Stimme der Vernunft.

Zum Dank dafür erntete ich von Bonny einen schmerzhaften Stoß gegen die Brust, der mich prompt zurück auf die Sitzbank beförderte. »Halt lieber dein Maul, wenn du dir nicht auch eine einfangen willst!«

»Was zum Teufel?!«, erklang Tyrans tiefe Stimme, Bonnys Gorillamacker, der sich zusammen mit seinen Kumpels einmischte. Jegliche Form von Handgreiflichkeiten zog sie genauso zielsicher an, wie ein Hundehaufen Schmeißfliegen anlockte. »Macht ihr etwa unsere Mädels an?!«

Er packte Brian am Arm und seinem schmerzhaften Stöhnen nach, war sein Griff alles andere als zimperlich. »Wisst ihr Spinner etwa nicht, dass man sich gefälligst nicht an Damen vergreift?!«

»Sie haben aber angefangen!«, verteidigte ich meine Freunde, denn mittlerweile hatte ich die Sprache wiedergefunden.

»Lass ihn sofort los! Handgreiflichkeiten im Dinner berechtigen mich dazu, euch Hausverbot zu erteilen!«, mischte sich Aeryn ein und baute sich drohend vor Tyran auf. Obwohl er fast einen ganzen Kopf größer war als sie, schien sie keine Angst zu haben.

Für einen Moment verharrten alle reglos, als würden wir darauf warten, wie sich Tyran entschied. Ob er die Situation weiter eskalieren oder wie ein Friedenstifter beruhigen würde. Tja, hätte ich mein Geld auf eine Variante setzen müssen, hätte ich die Wette gewonnen.

»Dann gehen wir wohl besser vor die Tür und klären die Sache dort!«, antwortete er fies grinsend. »Los, packt sie euch und bringt sie raus!«

Wie ein Wolfsrudel, das nur auf den Befehl des Alphatiers gewartet hatte, schnappten sich die Jungs meine Freunde und zerrten sie gewaltsam von der Sitzbank herunter. Ein bulliger Typ mit flacher Stirn, der, wie ich glaubte, Glen hieß, scheute sich nicht davor, mich am Arm zu packen, für den Fall, dass ich nicht freiwillig mit rauskam.

»Vergiss die pinke Spannerin nicht!«, befahl Bonny zwei Gorillas und ehe sich meine Spindnachbarin versah, wurde auch sie gewaltsam Richtung Glastür bugsiert.

Obwohl wir uns alle mit Händen und Füßen wehrten, hatten wir keine echte Chance. Zu stark waren die breitschultrigen Kerle, die in ihrer Freizeit Gewichte stemmten, um problemlos solche Fliegengewichte wie uns zu tyrannisieren.

Hilfesuchend blickte ich mich im *Crispy Chicken* um, doch vergeblich. Die Eltern der Familie konzentrierten sich darauf, ihrem Nachwuchs Tischmanieren beizubringen und uns so gut es ging zu ignorieren. Der Koch in der offenen Küche hinter der Theke, ein pickliger Jüngling mit fettigen Haaren, tat so, als bräuchte die Küchentheke plötzlich eine besonders gründliche Reinigung. *Definitiv keine Hilfe an der Front zu erwarten.*

Kalte Luft schlug uns entgegen, als wir das Diner verließen. Zwar waren einige wenige Passanten unterwegs, doch niemand schenkte uns einen zweiten Blick. So viel zum Thema Hilfsbereitschaft. Es ähnelte ein bisschen einem

Autounfall, wo Gaffer ihr Tempo verlangsamten, um einen möglichst guten Blick auf das Leid anderer zu werfen, aber keiner sich genötigt fühlte, anzuhalten und zu helfen.

»Und jetzt?!«, fragte einer von Tyrans bulligen Kumpels und er sah sich prüfend um. Dann wies er mit einem Kopfnicken auf die kleine Stichstraße zwischen dem Diner und einem verwaisten zweistöckigen Bürogebäude, die hinter das Bistro führte. Eine schwachbrüstige Straßenlaterne beleuchtete den Eingang zur schmalen Sackgasse, in der mehrere Mülltonnen ihr einsames Dasein fristeten. Die roten Ziegelsteinwände waren mit stümperhaftem Graffiti verziert und das einzige Fenster, das ich entdecken konnte, war mit Brettern zugenagelt. Der Boden war mit schmutzigem Schneematsch bedeckt und eine struppige Ratte huschte davon, als wir ihre Ruhe störten.

»LASST UNS GEFÄLLIGST LOS!«, protestierte ich, während uns die Jungs gewaltsam in die Hinterhofgasse trieben, als wären wir eine Herde Wildpferde, deren Willen man brechen musste, um sie zu zähmen. »Wir haben euch nichts getan!«

»HABT IHR NOCH ALLE TASSEN IM SCHRANK?!«, drückte Aeryn wenig diplomatisch ihre Bedenken aus und meine drei Musketiere verkündeten genauso lauthals ihren Unwillen mit nicht unbedingt höflicher Wortwahl.

Leider ließ sich kein einziger Gorilla davon beeindrucken, zumal sie von ihren Freundinnen lautstark angefeuert wurden, als wären sie die Cheerleaderinnen am Spielfeldrand und wir die feindliche Mannschaft.

Kaum hatten sie uns in die Gasse getrieben, ließen

sie uns wieder los, da sie uns durch ihre pure Präsenz den Fluchtweg abschnitten und wir ihnen nicht entkommen konnten.

»Und jetzt?!«, blaffte Brian die Gorillas furchtlos an und ich riss die Augen auf angesichts solch einer todesmutigen Unverfrorenheit. Anscheinend sah er sich wirklich als eine Art John Wick Verschnitt, wurde aber im nächsten Augenblick zurück auf den Boden der Tatsachen geholt, als Tyran ihm ansatzlos die Faust in den Magen rammte. Gekrümmt wankte er rückwärts und ich wollte schon zu ihm eilen, doch eins der Mädel stellte sich grinsend vor ihn und hinderte mich daran.

»Okay, wir haben es ja begriffen«, versuchte Aeryn offensichtlich, die Situation zu entschärfen. »Die Geschichte mit dem Slush-Eis war Over-the-Top und ich bin mir sicher, dass es Sam Brian leidtut und er es nicht noch einmal machen wird.«

»Ach ja?!«, antwortete Bonny und lachte heiser, während sie beiläufig ein schmales Silberetui aus ihrer ärmellosen Steppweste zog und sich eine Zigarette daraus fischte. Sie entzündete den Glimmstängel, sog daran und blies den Qualm in Aeryns Richtung. Ich wusste nicht, was zwischen den beiden ablief, aber es schien, als hätte Bonny ein spezielles Problem mit der pinken Skaterin. »Mir scheint es eher so, dass manche von euch erst noch lernen müssen, wo ihre Grenzen sind?! Oder auch, wo man sich in den Pausen in der Schule rumtreiben sollte und wo besser nicht!«

»Wieso?! Da, wo ich mich rumtreibe, habe ich bislang nur Kakerlaken und anderes Ungeziefer angetroffen!«

Ich hatte keine Ahnung, wovon die beiden sprachen

und was genau Bonnys Problem war, aber sie hatte nicht vor, uns darüber aufzuklären. Stattdessen fauchte sie Aeryn an: »Hör zu, du kranke Spannerin, der Keller ist von nun an für dich tabu, hast du das verstanden?!«

Wahrscheinlich erwartete sie von Aeryn unterwürfige Kapitulation, doch die dachte gar nicht daran und verschränkte trotzig die Arme vor der Brust. Was Bonny nicht gerade milder stimmte, im Gegenteil. »HAST DU MICH VERSTANDEN?!«, fauchte sie und spuckte ihr absichtlich ins Gesicht.

Ich war mindestens genauso fassungslos wie meine Spindnachbarin, doch die reagierte wesentlich schneller und fraglos anders, als Bonny erwartet hatte. Sie verpasste der Schulqueen eine saftige Ohrfeige, was nichts anderes als eine Kriegserklärung der Schafherde ans hungrige Wolfsrudel war.

Augenblicklich ging Bonnys Clique auf mich, meine Freunde und natürlich auf Aeryn los. Verzweifelt versuchten wir, uns zu verteidigen, doch genauso gut hätten wir eine Wasserwelle mit bloßen Händen aufzuhalten versuchen können.

Ohne Zweifel würden wir eine deftige Abreibung kassieren, deren blaue Flecken uns sehr lange an diese Auseinandersetzung erinnern würden.

In diesem Augenblick ertönte eine kratzige Stimme, die eisiger als die Winterluft klang.

Alle verharrten reglos, als hätte jemand eine Pausetaste gedrückt.

»Was geht denn hier ab?«

Kapitel 9

Niven

Veranstaltet ihr hier hinten eine Schneeballschlacht? Oder eine Privatparty, zu der ich nicht eingeladen wurde?«, fragte ich süffisant und betrachtete die Gruppe aus gut fünfzehn meiner Mitschüler.

Von den meisten kannte ich nicht einmal die Namen, weil sie mich nicht interessierten. Auch hatte ich keinerlei Berührungspunkte mit ihnen. Weder gehörte ich zur Gruppe der Sportskanonen, denen es letztlich nur darum ging, wer von ihnen den größten Schwanz besaß, um ihn sich von den aufgebrezelten Möchtegernschönheiten polieren zu lassen. Noch hatte ich etwas mit den Schlauköpfen zu tun, für die ein Abenteuer bedeutete, ein Mentos-Pfefferminzbonbon in eine Colaflasche zu schmeißen, um sich über die anschließende Sprudelfontäne zu amüsieren. Was die Skaterin mit den farbenfrohen Haaren hier zu suchen hatte, erschloss sich mir nicht sofort, aber die merkwürdige gelbe Arbeitskluft schien darauf hinzudeuten, dass sie im angrenzenden Diner arbeitete.

»Du hast hier nichts verloren, Niven!«, ließ mich Tyran wissen und baute sich demonstrativ vor mir auf. Er war ein bisschen größer und definitiv muskulöser als ich, doch trotzdem beeindruckte er mich damit nicht. Physische Stärke war längst nicht alles. »Das hier ist eine Sache unter Freunden, die wir ganz alleine regeln. Wir brauchen niemanden, der sich einmischt.«

»Ach ja?«, erwiderte ich gelassen und blickte an ihm vorbei zu den anderen. Einzelne Schneeflocken fielen vom dunklen Abendhimmel hinab. Ich überlegte, was ich tun sollte. Eigentlich hatte er recht und die ganze Sache ging mich nichts an. Natürlich war es offensichtlich, dass die Schlägertruppe rund um Tyran die Schlauköpfe aufmischen wollte, aber was hatte ich damit zu tun?

Ich war nur auf dem Weg in die Innenstadt, um mich in einem Pub zu betrinken und ab dem vierten oder fünften Pint zumindest so etwas Ähnliches wie die Illusion von Gemeinschaft zu empfinden. Doch als ich an der Gasse vorbeischlenderte, hatte ich zufällig den Pulk meiner Mitschüler entdeckt und nun würde mein Verhalten automatisch Konsequenzen nach sich ziehen.

Am Ende der Sackgasse ertönte ein Poltern und ich sah einen Kater mit Stummelschwanz, der von einer Mülltonne zur nächsten sprang. Der Streuner war vermutlich auf der Jagd nach unvorsichtigen Ratten und kümmerte sich nicht um menschliche Belange, auch wenn er zweifellos unsere Anwesenheit mitbekommen hatte. Wahrscheinlich sollte ich es ihm gleichtun und mich einfach um meine eigenen Probleme kümmern. War ja nicht so, dass ich nicht genug davon besaß.

»Also? Lässt du uns nun endlich in Ruhe und zischt ab?«, wollte Tyran wissen und ich ließ den Blick über seine Kumpel und die Mädels aus seiner Clique schweifen. Viele von ihnen kannte ich geschäftlich, aber nicht weil wir zusammen eine Lerngruppe bildeten.

»Ich würde vorschlagen, dass ihr sie in Ruhe lasst und euch verzieht.«

»Ach ja?!«, stieß der Kapitän des Rugbyteams ungläubig hervor. »Und wenn nicht?«

Ich zuckte mit den Schultern. »Dann würde ich vorschlagen, dass sich deine Kumpel und Mädels zukünftig einen anderen Lieferanten suchen, wenn sie wieder einmal Lust auf einen Joint haben.«

Augenblicklich verschwanden die kampfeslustigen Fratzen seiner Schlägerkumpane, die begriffen hatten, dass bei dieser Auseinandersetzung plötzlich ihr Drogennachschub auf dem Spiel stand.

Ich wusste selbst nicht recht, weshalb ich es darauf ankommen ließ, außer der Tatsache, dass ich Bullys noch nie ausstehen konnte. Es war einfach armselig, wenn jemand seine physische Überlegenheit Schwächeren gegenüber ausnutzte und sie grundlos tyrannisierte.

Einige Jungs äußersten bereits erste Bedenken und wandten sich hilfesuchend an Tyran, dass all dies doch nicht den Aufwand wert wäre. Andere, insbesondere seine blonde Freundin Bonny und ein Mädel, dessen Bluse ein riesiger dunkler Fleck zierte, wirkten nicht halb so überzeugt, die ganze Sache abzublasen.

Auch Tyran schien mit sich zu ringen, ob ihm das Wohlbefinden und die gelegentlichen Joints seiner

Kumpels wichtiger als sein Stolz waren. Seinem Naturell entsprechend entschied er sich zuerst für sich selbst.

»Mir doch scheißegal, ob du weniger von deinem Gras verkaufst oder nicht!«, knurrte er und trat einen Schritt auf mich zu. Seine Hände waren bereits zu Fäusten geballt und es schien nur noch eine Frage der Zeit, bis er handgreiflich werden würde.

Der fleckige Kater mit dem Stummelschwanz stolzierte desinteressiert an uns vorbei, als würden wir gar nicht existieren.

Ich fasste in meine Hosentasche und betätigte den Knopf am oberen Ende des Griffs. Ein leises Klacken ertönte, ohne dass Tyran es mitbekam. Dafür war seiner Freundin Bonny aufgefallen, was ich gezückt hatte, und dass ich mit der Spitze nach vorn knapp über sein kostbares Stück zielte.

»Scheiße!«, fluchte sie erschrocken. »Tyran! *Ähm*, vielleicht solltest du …«

»Was zum Henker?!«, schimpfte der, gereizt darüber, dass sie sich einmischte. Erst dann folgte er ihrem Blick und entdeckte, was ich in den Händen hielt.

Springmesser waren in Irland verboten, was nichts daran änderte, dass man sie jederzeit bekommen konnte, wenn man es darauf anlegte. Und sie waren verflucht praktisch, da sich die Klinge notfalls mit einem Handgriff hervorzaubern ließ, was wiederum genau der Grund dafür war, warum sie gegen das Gesetz verstießen.

Automatisch trat Tyran einen Schritt nach hinten und starrte mit einer Mischung aus Unglauben und Furcht das Messer an. »Bist du … verrückt?!«, stammelte er und ich grinste nur, als würde sich die Frage erübrigen.

Auch seine Kumpels und die weibliche Fanschar erblickte spätestens jetzt das Messer in meiner Hand und keiner konnte recht fassen, wie sich die Situation innerhalb weniger Sekunden fundamental verschärft hatte. Eine handfeste Prügelei, klar, dafür waren die Schläger immer zu haben, aber eine mögliche Messerstecherei war für sie ein ganz anderes Kaliber. Verständlicherweise. Als ob ein kleiner Junge ein fremdes Kind mit Streichhölzern ärgerte, das zur Verteidigung einen Flammenwerfer hervorholte.

»Also? Ist für heute genug?«, fragte ich ruhig, als wollte ich mich nach dem Wetter für morgen erkundigen. Ich sah, wie Tyrons Kiefermuskeln arbeiteten und wie schwer es ihm fiel, sich zu beherrschen.

»Los, lasst uns abhauen!«, mischte sich Bonny ein, um zu verhindern, dass die Situation weiter eskalierte.

»Hör besser auf deine Freundin«, riet ich ihm und für einen Augenblick dachte ich schon, er würde sich nicht zurückhalten, doch dann drehte er sich abrupt zu seinen Freunden um.

»Kommt, wir verschwinden von hier!«, befahl er der Meute und marschierte aus der Sackgasse raus. Die anderen beeilten sich, ihm zu folgen, als hätten sie Angst, mit mir und den Schlauköpfen allein zu bleiben.

Kurz bevor sie um die Straßenecke bogen, warf mir Tyran einen finsteren Blick zu. Wahrscheinlich war in dieser Sache noch nicht das letzte Wort gesprochen, aber so war es nun einmal im Leben. *Taten folgten auf Taten.*

»Alles klar bei euch?«, fragte ich meine Mitschüler, während ich die Klinge im Griff verschwinden ließ und das Klappmesser wieder einsteckte. »So oder so würde ich euch empfehlen, in der nächsten Zeit Tyran und seinen Kumpels aus dem Weg zu gehen ...«

Mit diesen Worten drehte ich mich um und marschierte los. Ich hatte schon fast das Ende der Gasse erreicht, als ich hastige Schritte hinter mir im Schnee hörte. Verwundert wandte ich mich um und blickte ins Gesicht des pinkhaarigen Mädels. Dann erinnerte ich mich an ihren Namen. *Aeryn ...*

»Warte!«, bat sie und betrachtete mich, als würde sie mich heute zum ersten Mal sehen. Ich runzelte die Stirn und strich ein paar rote Haarsträhnen zurück, die grundsätzlich machten, was sie wollten. Sie sah auf ihre Armbanduhr. »Ich habe noch eine halbe Stunde, dann ist Schluss für heute. Magst du vielleicht im Diner so lange warten?«

Als ihr mein verständnisloser Blick auffiel, setzte sie lächelnd hinzu: »Ich würde dich danach gern als Dankeschön für deine Rettung zu einem Guinness einladen.«

Kurz überlegte ich, bevor ich spontan mit den Schultern zuckte.

»Klar, wieso nicht ...«

Kapitel 10

Niven

Um kurz nach elf Uhr war es so weit. Es hatte aufgehört, zu schneien, und wir spazierten zusammen die schmale Promenade am *Garavogue River* entlang, die sich bis zum Hafen von Sligo in der Nähe der *Michael Hughes Brücke* entlangzog.

»Darf ich dir eine ernste Frage stellen?«, fragte Aeryn, nachdem wir eine gute Stunde im *Fureys Pub* verbracht und jeder von uns zwei Pint geleert hatte. Dabei unterhielten wir uns über Gott und die Welt, die Schule und unsere Lieblingsbücher, sparten aber jegliche ernsthafteren Themen aus. *Bis jetzt.*

Ich antwortete nicht sofort und ließ stattdessen den Blick schweifen. Es war eine schöne Nacht, sah man einmal von dem unerfreulichen Einstieg ab.

In den bunten Häusern auf der anderen Straßenseite brannte hier und dort in den Fenstern der oberen Stockwerke

Licht, das sich verschwommen in den sanften Wellen des Flusses spiegelte. Bäume säumten die Promenade und auf ihren kahlen Ästen lag eine weiße Schneeschicht wie Sahne auf einem Schokoladenkuchen. Immer wieder trafen wir auf andere Nachtschwärmer und aus den Pubs, an denen wir vorbeikamen, erklang laute irische Folkmusik und das Stimmengewirr und Lachen der Leute.

Schließlich erreichten wir den Hafen von Sligo, dessen Bucht seit Urzeiten als antiker Naturhafen genutzt wurde und schon griechischen und römischen Händlern bekannt war. Die Wellen plätscherten gegen die Kaimauern und die Takelagen der Segelschiffe und Fischkutter klirrten leise im Wind.

Die Einwohner von Sligo verband eine tiefe Verbundenheit mit dem Atlantik und früher war die Fischerei der alles beherrschende Wirtschaftsbereich dieser Region gewesen. Sligeach, der irische Name von Sligo, bedeutete wörtlich übersetzt *Platz der Muscheln*, da die hiesige Küste bekannt für ihre reichen Vorkommen an Schalentieren war. Doch hatte sich im Zeitalter der Hochseefischerei mit ihren schwimmenden Fischfabriken, die größtenteils aus Übersee und Asien stammten, die Wirtschaft dieser Region längst verändert. Zwar kultivierte die Stadt nach vor das Image eines verträumten Fischerdorfes, doch versuchte man mittlerweile vermehrt mit kulturellen Festivals wie dem *Sligo Live* oder dem *Cairde Sligo Arts Festival* Touristen anzulocken. Trotzdem war die Stadt stolz auf ihre maritimen Wurzeln und so besaß sogar das *Ballinode Community College* eine kleinere Segelyacht, die hier am Hafen vor Anker lag und dazu diente, seinen Schülern die Grundzüge des Segelns beizubringen.

»Also …«, nahm ich seufzend den Faden wieder auf und blickte sie von der Seite an. »Was für eine Frage brennt dir auf den Nägeln?«

Zwar war mir Aeryn in der Schule, sollte ich denn einmal da sein, schon das ein oder andere Mal aufgefallen, was angesichts ihrer gefärbten Haare kaum zu vermeiden war. Aber erst heute, als ich sie aus der Nähe betrachtete, wie das warme Licht der Straßenlaternen auf ihren Wangen schimmerte, fiel mir auf, wie hübsch sie war. Zumal ich sie nach dem Arbeitsende im *Crispy Chicken* zum ersten Mal in ihrer Freizeitkleidung sah, die ähnlich bunt wie ihre Haare waren. Sie trug eine weite Hose mit grünlichem Tarnmuster im Militäry-Look und der blaue lockere Hoodie wies zahlreiche Farbflecken auf, als würde sie in ihrer Freizeit illegal Wände besprayen. Was sie mir gleich noch sympathischer machte.

Sie wandte sich mir zu und schaute mich prüfend an. Ich konnte ihrem Blick nicht lange standhalten, zumal ich kein athletischer Schönling wie Tyran oder andere Jungs aus seinem Team war. Meine feuerroten wirren Haare hatten mir schon in der Kindheit den gehässigen Spitznamen Streichholz eingebracht. Möglicherweise hatte dazu beigetragen, dass ich im Kindergarten einmal das Kopfkissen meines Bettes angezündet hatte, nachdem ich der Erzieherin ihr Feuerzeug gestohlen hatte, weil sie mich unbedingt zum Mittagsschlaf zwingen wollte. Auch die grünen Augen neben der Nase mit dem leichten Höcker von einem Bruch verwandelten mich kaum in einen wandelnden Adonis.

So oder so fühlte ich mich nicht allzu wohl, wenn sie mich so prüfend von der Seite musterte, als würde sie im

Biologieunterricht ein merkwürdiges Insekt unter dem Mikroskop untersuchen.

»Als du ... vorhin das Messer gezückt hast«, rückte sie zögerlich mit der Sprache raus. »Hättest du da wirklich zugestochen?«

Berechtigte Frage. Schwierige Antwort. Ich rieb mir das Kinn, während ich über eine möglichst ehrliche Antwort nachdachte. Der schwarze Nagellack, den ich mir vor gut einer Woche aus einer Laune heraus aufgetragen hatte, war größtenteils schon abgeblättert.

»Ganz ehrlich?!«, erwiderte ich und holte aus der Jackentasche meines grünen Anoraks einen Joint. Ich zeigte ihr ihn und fragte nach, auch um Zeit zu gewinnen: »Ist es okay, wenn ich mir einen Spliff anzünde?«

Sie zuckte mit den Schultern und schüttelte den Kopf. Es schien ihr nichts auszumachen, zumal es nichts Besonderes war. Obwohl wir hier gefühlt am Ende der Welt hausten, hatte mindestens die halbe Schülerschaft schon mal Gras geraucht. Oder gerade deshalb.

Ich zündete ihn an, nahm einen Zug und bot ihr den Joint an, doch sie schüttelte den Kopf. »Also, ich wollte das Messer nicht benutzen, zumindest nicht vorsätzlich. Aber hätte ich es im Notfall eingesetzt? Vielleicht schon ... Ich vertrete nicht den Standpunkt, dass man leere Drohungen ausstoßen sollte. Dann sollte man es lieber gleich sein lassen. Die Alternative wäre nun einmal gewesen, dass ich euch diesen Schläger selbst überlassen hätte. Denn allein mit euren Fäusten hätte ich wohl kaum eine Chance gegen die gehabt.«

Sie überlegte und nickte schließlich, als würde ihr die Argumentation einleuchten. »So oder so möchte ich dir noch einmal für deine Hilfe danken. Ich denke, wenn du nicht plötzlich aufgetaucht wärst, hätte wir eine ganz schön heftige Abreibung kassiert.«

Ich zuckte mit den Schultern und schnippte den halb aufgerauchten Joint über die Kaimauer in die Wellen. »Keine große Sache.«

Plötzlich blieb sie stehen und lehnte sich an die Mauer, um hinaus aufs Meer zu schauen. In der Ferne blinkten ein paar Bojen, aber in der Dunkelheit ließ sich unmöglich sagen, an welcher Stelle Himmel und Meer miteinander verschmolzen. Ich stellte mich neben sie und erwischte mich bei der Vorstellung, den Arm um sie zu legen. Was natürlich absurd war. Auch wenn ich schon ein, zwei Freundinnen gehabt und mit einer von ihnen sogar geschlafen hatte, war ich alles andere als ein Casanova. Der angemessene Umgang mit Frauen war mir etwa so bekannt, wie ein Fisch Wissen über das Fliegen besaß.

Für eine Weile sagten wir nichts und blickten nur stumm hinaus aufs dunkle Meer, bis sie das Schweigen brach. »Meine Eltern sind irgendwo da draußen ...«

»Sie sind Fischer?« Obwohl dieser Beruf heutzutage eher die Ausnahme bildete, gab es noch ungefähr ein halbes Dutzend davon, die auf diese Weise ihren Lebensunterhalt bestritten.

Sie schüttelte den Kopf und als sie fortfuhr, klang ihre Stimme bedeckt, als würde ihr jedes Wort schwer über die Lippen kommen. »Nein ... sie liegen irgendwo da draußen tot auf dem Meeresgrund.«

»*Was?!* Das ist ja furchtbar! Sorry, das tut mir wirklich leid. Hätte ich gewusst, dass der Anblick des Meeres solche Erinnerungen in dir wachruft, hätte ich dich auf einer anderen Route nach Hause gebracht.«

Sie schüttelte den Kopf. »Schon gut, mach dir keine Gedanken. Das ist bereits acht Jahre her und ich habe mich mittlerweile mit der bitteren Wahrheit abgefunden, dass sie nie wieder zurückkehren.«

Blitzschnell rechnete ich im Kopf nach. Damals war sie also um die acht, da fast alle in unserer Klasse sechszehn waren. »Das muss schrecklich gewesen sein ...«

Sie lächelte traurig, was mir Antwort genug war. Ich überlegte, ob mir irgendetwas Tröstendes einfiel, was ich hätte sagen können, aber mir fiel nichts ein, das nicht irgendwie hohl und leer geklungen hätte. Natürlich ließ sich wunderbar darüber philosophieren, was der Tod bedeutete, ob es vielleicht nur ein Übergang in ein anderes Bewusstseinsstadium war, die Seele in den Himmel aufstieg oder man gar wiedergeboren wurde. Aber all diese theoretischen Spekulationen änderten rein gar nichts an der traurigen Gewissheit, dass den Trauernden im Augenblick des Todes ihrer Liebsten ein Stück aus dem Herzen gerissen wurde, das für alle Zeiten fehlen würde.

Ohne länger zu grübeln, was ich tun oder sagen könnte, ergriff ich ihre Hand. Für einen Moment wirkte sie überrascht und schaute mich erstaunt an, dann lächelte sie wehmütig und blickte wieder aufs Meer hinaus.

Unsere Finger berührten sich und wärmten sich gegenseitig.

Manchmal bedurfte es keiner Worte.

Kapitel 11

Aeryn

Als ich mich heute lustlos zu meinem Aushilfsjob im *Crispy Chicken* Diner schleppte, hätte ich mir nicht im Traum vorstellen können, dass mich auf dem nächtlichen Heimweg ein rothaariger Prinz begleitet. Wie eine Jungfrau, die ich so gesehen ja noch war, die es vor lüsternen Halunken und gefräßigen Drachen zu beschützen galt.

Ausgerechnet Niven, mit dem ich vorher nie mehr als ein paar Worte gewechselt hatte, wenn ich großzügig rechnete. *Und heute?!*

Nicht nur hatten wir uns ausgiebig über alles Mögliche unterhalten, während wir im Pub waren und anschließend spazieren gingen. Als wir beim Hafen stehenblieben und ich ihm vom Verlust meiner Eltern erzählte, was ich normalerweise niemandem anvertraute, hatte er meine Hand gegriffen und sie festgehalten.

Im ersten Augenblick war ich überrascht, musste

mir aber eingestehen, dass mir das Gefühl seiner weichen Finger, die sich mit meinen verschränkten, ausgesprochen gut gefiel. Umso mehr könnte ich mich selbst ohrfeigen, dass ich ihn, als wir aufbrachen, kurz losließ. Danach traute ich mich nicht mehr, seine Hand nochmal zu nehmen, und so schlenderten wir nebeneinanderher in Richtung meines Zuhauses.

Tante Honora wohnte in der *Seafield Avenue*, im nördlichen *Cartron* Bezirk von Sligo. Früher standen hier alte Fischerhäuser, bis sie in den siebziger Jahren alle plattgewalzt wurden, um schlichten zweistöckigen Familienhäusern Platz zu machen. Sämtliche Gebäude zeichneten sich durch einen winzigen Vorgarten aus, der sorgsam gepflegt und bepflanzt wurde, während die langgezogenen Gärten hinter den Häusern zumeist sehr weniger Fürsorge genossen und häufig verwilderten.

Als Tante Honora mit ihrem Ehemann herzog, waren beide voller Hoffnung und Zuversicht, doch ihr Kinderwunsch erfüllte sich nie und inzwischen war ihr Mann verstorben. Zu ihrer gescheiterten Vision einer glücklichen Zukunft gehörte sicher nicht dazu, dass sie mich jetzt an der Backe hatte, ihre widerspenstige freche Nichte.

»Und? Wird deine Tante schimpfen, dass du erst so spät kommst?«, riss mich Niven aus den Gedanken.

Fast hätte ich bei dieser Vorstellung laut aufgelacht. »Wohl kaum. Wahrscheinlich wird sie nicht einmal da sein. Der Samstagabend und die Bridgespiele mit ihren Freundinnen sind ihr heilig, um nichts in der Welt würde sie darauf verzichten. Wobei es dabei wohl in erster Linie darum geht, dass sie jede Menge süßen Likör trinken und über das männliche Geschlecht lästern können.«

Niven schmunzelte. »So schlimm sind wir doch gar nicht.«

»*Hm* ... zumindest manche von euch können ganz in Ordnung sein«, bestätigte ich und hielt an, denn wir hatten unser Ziel erreicht. Ich wies auf die renovierungsbedürftige Häuserfassade hinter dem Vorgartenzaun, die wie erwartet in völliger Dunkelheit lag. »Da wären wir.«

»Sieht gemütlich aus«, stellte Niven ganz ohne Ironie fest und ich behielt lieber für mich, wie beengt es mir manchmal vorkam, was nichts mit der Größe meines Zimmers zu tun hatte.

»Also ...«, begann ich zögerlich, als ich mich Niven zuwandte, um mich zu verabschieden. »Nochmal danke für deine heldenhafte und selbstlose Rettung vor diesen primitiven Quadratschädeln.«

»Jederzeit wieder ...«, winkte er ab, als wäre das keine große Sache.

Ich zögerte. Normalerweise war dies der Augenblick, in dem ich mich umgedreht und die kleine Treppe zur Haustür hochgelaufen wäre. Andererseits war es der perfekte Moment, um ...

Ohne länger darüber nachzudenken, umfasste ich seine Arme, beugte mich vor und drückte ihm einen Kuss auf die Lippen. Fast genauso schnell ließ ich wieder von ihm ab und eilte zur Haustür, während mein Herz so laut in der Brust pochte, als hätte es jemand mit einem Flummi ausgetauscht, der jetzt in meinem Inneren herumsauste.

Ich konnte nicht fassen, dass ich das gerade wirklich getan hatte?! Ob ich ihm damit vor den Kopf gestoßen hatte? Als ich mich auf dem Treppenabsatz ein letztes Mal nach ihm umdrehte und sein überraschtes, aber erfreutes Lächeln erblickte, schmolzen meine Bedenken dahin.

Ich schloss die Tür auf und winkte ihm kurz zu, dann schlüpfte ich hinein und ließ die Tür hinter mir zufallen.

Das war ... unglaublich!

Beschwingt sprang ich die Treppe ins Obergeschoss hoch und nahm immer zwei Stufen auf einmal. Ich ging ins Schlafzimmer von Tante Honora, in dem ich zwar nichts verloren hatte, aber es zeigte nach vorn zur Straße raus, und nur so konnte ich einen letzten Blick auf Niven erhaschen. Er schlenderte gerade in die Richtung zurück, aus der wir eben gekommen waren, und ich spürte, wie mein Herz einen Hüpfer machte. Schließlich war er aus meinem Blickfeld verschwunden und ich hüpfte aufgeregt ins Bad. Dort zog ich mir die Klamotten bis auf Unterhemd und Slip aus und tapste in mein eigenes Zimmer.

Alle vier Wände waren unterschiedlich gestrichen, worüber ich wochenlang mit Tante Honora streiten musste, bis sie es mir zähneknirschend erlaubte. Kreuz und quer hingen Poster, die berühmte Skater bei spektakulären Sprüngen zeigten, aber auch ältere Filmplakate von Streifen wie Fight Club und Trainspotting. Auf dem Schreibtisch stapelten sich Skizzenbücher und überall lagen Stifte herum. Der antike Kleiderschrank diente in erster Linie der Aufbewahrung der Schuluniform, denn meine Lieblingsklamotten verteilten sich quer über das gesamte durchgesessene pinke Sofa.

Ich setzte mich auf die breite verwitterte Fensterbank, die ich mit dünnen Kissen ausgepolstert hatte, so dass sie mir als Sitzecke diente, von wo aus ich den hinteren verwilderten Garten im Blick hatte. Neugierig kramte ich das Smartphone hervor. Eigentlich wollte ich sehen, ob mir Niven vielleicht einen Gute-Nacht-Gruß geschickt hatte, doch stattdessen sah ich nur eine Nachricht von Mara.

Irritiert rief ich sie auf und fürchtete schon, dass Tyran und Bonny ihnen ein weiteres Mal aufgelauert hätten. Die Message war kurz und knapp und bestand nur aus einem einzigen Wort. *Sorry …*

Dazu ein Link, den ich sofort anklickte und der mich zu TikTok weiterleitete. Es war eine verwackelte Handyaufnahme und unschwer erkannte ich mich selbst darauf wieder. Nur ein kurzer Ausschnitt, wie sich diese dämliche Bonny vor mir aufbaute und mich anspuckte. Zwecks Dramatisierung wurden die letzten Sekunden, als mich die Spucke ins Gesicht traf, in Super-Slow Motion gezeigt.

Noch erschreckender waren die zahlreichen Likes, die das Video inzwischen gesammelt hatte, und die gehässigen Kommentar darunter. Sie reichten von »*Lecker!*« über »*LOL was für eine dämliche Bitch*« bis hin zu »*Geschieht ihr recht*« und »*Das ist erst der Anfang!*«.

Meine Hand verkrampfte sich ums Smartphone und es fiel mir schwer, es ruhig zur Seite zu legen. Anstatt mich über diese Arschlöcher aufzuregen, sollte ich mich lieber auf die schönen Dinge konzentrieren, die heute Abend passiert waren.

Zwar hatte ich keine Ahnung, ob dieses Gespräch mit Niven und unsere Verabschiedung irgendetwas zu bedeuten hatte, denn immerhin wusste ich so gut wie nichts über ihn. Ganz offensichtlich hielt er nicht allzu viel von der Schule, Vorschriften und Gesetzen und zog seine eigene Nummer durch. Auch optisch fand ich ihn alles andere als unattraktiv. Er wirkte fast wie ein rothaariger James Dean und selbst die Tatsache, dass er ein Messer bei sich trug und notfalls nicht zögerte, es einzusetzen, schreckte mich nicht allzu sehr ab. Im Gegenteil. Auf eine sonderbare Art verstärkte die unterschwellige Gefahr nur seinen Reiz, auch wenn das von ihm sicher nicht beabsichtigt war.

In diesem Moment hörte ich ein leises Geräusch, das offenbar von draußen aus dem hinteren Garten kam. Ich presste das Gesicht an die Scheibe, konnte aber nichts erkennen. Erst, als ich die Schreibtischlampe ausschaltete, sah ich im Lichtschein aus den Fenstern des Nachbarhauses, dass auf dem schneebedeckten Rasen etwas hockte.

Es war ein Tier, das am meisten Ähnlichkeit mit einem Fuchs besaß, sah man einmal vom winzigen Geweih ab, das neben den spitzen Fellohren auf dem Schädel prangte. *Was zum Teufel?!*

Das merkwürdige kleine rothaarige Wesen mit dem weißen Bauch und der Kehle hockte nicht nur auf unserem verwilderten Rasen, es guckte unverwandt zu mir hoch, als würde es mich genau sehen. Dann bellte es wieder, das gleiche Geräusch, das ich auch kurz zuvor gehört hatte.

»Was zum Henker ...?!«, murmelte ich irritiert und wollte schon das Fenster öffnen, um mir die seltsame Kreatur genauer anzuhören, doch dazu kam es nicht mehr.

BBRRAAATTTSSSCHHH ...

Das Krachen war so laut, dass ich vor Schreck aufschrie und zusammenzuckte. Es kam eindeutig aus dem Erdgeschoss des Hauses und klang so, als ob betrunkene Handwerker mit einem Presslufthammer die Küche vergrößern wollten.

Fieberhaft überlegte ich, was ich tun sollte? Das war

in jedem Horrorfilm genau die Stelle, an der die Zuschauer riefen »*NEIN, GEHE NICHT DAHIN!*«.

Trotzdem schwang ich meine Beine von der Fensterbank runter und schlich zur Zimmertür. Vorbei an den Postern vom jungen Tony Hawk, der Skateboarding in eine neue Dimension katapultiert hatte, Leticia Bufoni, einer pinkhaarigen Skaterin, die mir als Inspiration für meine eigenen Haare diente, und natürlich Elissa Steamer, die einfach unerreicht blieb.

Ich hatte keine andere Wahl, als der Ursache des Geräusches auf den Grund zu gehen, denn die einzige Alternative wäre gewesen, im ersten Stock aus dem Fenster zu springen. Wobei ich mir bei meinem Glück mindestens einen Fuß gebrochen hätte, wohl eher beide.

So leise wie möglich tapste ich durch den Flur, der sich nach unten hin öffnete, und warf einen Blick über die Holzbrüstung.

Nun wünschte ich mir, ich wäre in meinem Zimmer geblieben und hätte mich im Schrank verbarrikadiert.

Doch nun war es zu spät.

Viel zu spät.

Kapitel 12

Aeryn

Die Kreatur, die unten im Wohnzimmer auf allen vieren krabbelte und zu mir hochblickte, besaß entfernt Ähnlichkeit mit einem Menschen. Jedenfalls wenn man ihn mit einer fleckigen Hyäne mischte, den größten Teil vom Fell rausriss, ein paar Merkmale einer ausgemergelten Nacktkatze reinwarf und das krude Ergebnis in einen löchrigen Lumpen steckte, der mit viel Fantasie als Kleidungsstück durchging.

Das Vieh war offensichtlich auf der Suche nach irgendetwas und sog schnuppernd die Luft ein, zumindest bis zu dem Augenblick, als es mich entdeckte. Flugs änderten sich seine Prioritäten und mit weiten Sprüngen kletterte es die Treppe hoch.

War ich im ersten Moment noch wie angewurzelt an der Stelle festgefroren, ließ die aufkeimende Panik genauso schnell meine Bewegungsfähigkeit zurückkehren, wie sie zuvor verschwunden war. Ich machte auf dem Absatz kehrt und rannte zurück in mein Zimmer. Als ich die Tür hinter mir zuknallte und abschloss, krachte die furchteinflößende Kreatur schon mit voller Wucht auf der anderen Seite dagegen, sodass das Holz im Rahmen erzitterte.

»*Scheiße, verfluchte Scheiße, gottverdammte Scheiße!*«, fluchte ich und stemmte mich mit aller Kraft gegen die Kleiderkommode direkt neben der Tür. Zuerst weigerte sie sich, sich auch nur einen Zentimeter zu bewegen, bis sie sich schließlich widerwillig und ächzend verrücken ließ. Schnaufend schob ich sie vor die Tür, in der Hoffnung, dadurch die Monsterkreatur aus dem Zimmer fernzuhalten.

Meine Gedanken überschlugen sich. Während sich ein Teil meines Verstandes mit der Frage beschäftigte, was in aller Welt das für ein Untier war oder ob ich es mir nur einbildete, hatte der andere Teil längst akzeptiert, dass das Hämmern gegen die Tür real war!

Schon bildete sich ein erstes Loch im Holz, das nicht darauf ausgelegt war, den Attacken eines wütenden geifernden Monsters lange standzuhalten. Holzsplitter segelten durch die Luft, während ich mich panisch umblickte und fieberhaft überlegte, was ich als Waffe missbrauchen könnte. Leider war ich nicht so gut wie Niven ausgerüstet und besaß nicht einmal ein Messer, geschweige denn, dass ich es bei mir trug. Sollte ich wie durch ein Wunder diesen Wahnsinn überleben, schwor ich mir, mich aufzurüsten und mir für die Zukunft ein ganzes Waffenarsenal zuzulegen. Wie einer dieser verrückten Prepper, die sich auf die Zeit nach der atomaren Apokalypse oder der Invasion der Zombies vorbereiteten.

Aus der Not heraus schnappte ich mir die Schere vom

Schreibtisch, die in ihrem Leben bislang zwar nur Papier geschnitten hatte, vielleicht aber auch für spröde ledrige Haut zu missbrauchen war?

»VERSCHWINDE! *HAU AB!*«, kreischte ich das Monster an, das nur kurz innehielt, um mich durch das immer größer werdende Loch anzustarren, bevor es um so engagierter weiter daran arbeitete, die Tür nach allen Regeln der Kunst auseinanderzunehmen.

Ein Geistesblitz ließ mich zur Fensterbank hetzen, um nach dem Smartphone zu greifen und den Notruf zu wählen. Hieß es nicht immer, die Polizei, dein Freund und Helfer? Zeit, dass sie diesen Leitspruch in die Tat umsetzten.

Im gleichen Augenblick, als sich am anderen Ende der Leitung der zuständige Beamte meldete und sich erkundigte, um was für einen Notfall es sich handelte, gab die Tür nach und brach lautstark auseinander. Der Sprung über die Kommode kostete das Untier nur ein müdes Lächeln, was allerdings eher einem bedrohlichen Zähnefletschen ähnelte. Ohne zu zögern, rannte es auf allen vieren auf mich zu und purer Hass funkelte aus seinen gelben Augen.

Ich warf das Smartphone zur Seite, denn dafür blieb mir keine Zeit. Ich musste mich selbst verteidigen. Die Kreatur und ich sprangen gleichzeitig los, mit dem einzigen Unterschied, dass das Monster versuchte, mich zu erwischen, während ich hingegen alles daransetzte, den scharfen Krallen auszuweichen. Beides endete durchwachsen.

Die Bestie bekam nur mein Bein zu fassen und ich schrie wie am Spieß, als sich die langen Nägel ins Fleisch bohrten. Sie heulte schon triumphierend auf, weil sie sicher war, nun die Oberhand zu gewinnen, doch ich drehte mich brüllend um und stach mit voller Kraft zu. Die Spitze der

Schere drang tief in ihre linke Seite ein, woraufhin die Kreatur kreischend wegsprang und mich zumindest eine Sekunde losließ. Ein schwarzer Blutregen spritzte durch das Zimmer und hinterließ eine Tropfenspur auf der Tapete. Aber die Erleichterung währte nur kurz, denn schon im nächsten Moment griff mich das Monster erneut an.

Diesmal reagierte ich schneller. Mit einem gewagten Sprung, der einem Parkourläufer alle Ehre gemacht hätte, hechtete ich über die Kommode und rannte die Treppe runter ins Erdgeschoss. Dem lauten Krachen, Schnaufen und Getrappel nach, dicht gefolgt von der geifernden und aufgebrachten Scheusal. Es war mir völlig egal, dass ich nur Slip und Hemd anhatte, wenn ich erst einmal draußen war, würde mir schon irgendwer zur Hilfe kommen.

Anscheinend ahnte die Kreatur meinen Fluchtplan voraus und hatte leider etwas dagegen. Mit einem gigantischen Satz sprang sie an mir vorbei und stellte sich knurrend vor die Tür, um mir den Weg abzuschneiden.

»Verdammter Mist!«, fluchte ich, woraufhin mir das Monster mit einem Zischen antwortete. Ich spurtete los, kam jedoch nicht weit. Ein brutaler Krallenschlag in den Rücken schleuderte mich nach vorn, direkt auf den Glastisch, der Tante Honoras ganzer Stolz war. Normalerweise flippte sie schon aus, wenn ich keine Untersetzer für die Gläser benutzte.

Die Tischplatte explodierte in einem Glasregen und ich knallte mitten in die Scherben und landete hart auf den Boden. Mehrere Splitter bohrten sich schmerzhaft in meine Unterarme und ich stöhnte laut auf.

Hinter mir ertönte ein wütendes Schnaufen und panisch drehte ich mich um. Die Monsterkreatur, die entfernt menschliche Züge besaß, stapfte auf allen vieren auf mich zu. Sie ließ sich dabei Zeit, da sie meine Fluchtchancen offenbar für überschaubar hielt. Womit sie wohl nicht ganz Unrecht hatte, denn meine Lage war, auf den Punkt gebracht, beschissen.

Verzweifelte robbte ich rückwärts, während das Untier immer näherkam, als plötzlich eine weitere Glasscheibe explodierte. Diesmal war es das Fenster zum Garten hinaus und ich kreischte vor Panik, als neben mir ein rot-weißes Fellbündel landete. Erstaunlicherweise fiel es nicht über mich her, sondern stellte sich stattdessen dem anderen, sehr viel größeren Monster furchtlos in den Weg.

Dieses reagierte ziemlich unwirsch auf die unerwartete Einmischung und hob die Krallenhände, um zuerst das Fellknäuel zu erledigen und sich danach mir zu widmen. Erst jetzt erkannte ich an dem kleinen Geweih auf dem Schädel des fuchsähnlichen Wesens, dass es dasselbe Tier war, welches ich zuvor im Garten gesehen hatte. Offenbar war es gekommen, um mir zu helfen.

Das Monster schien keine Angst vor dem Winzling zu haben und in Anbetracht des beachtlichen Größenunterschieds konnte ich das gut nachvollziehen. Das änderte sich jedoch schlagartig, als die beiden Geweihspitzen des Fuchswesens plötzlich rötlich zu leuchten begannen. Es waren ... *Flammen!*

Als ob sein Gehörn Feuer gefangen hätte und lichterloh brannte. Erstaunlicherweise schien das Wesen keinen Schmerz zu empfinden, sondern stellte sich dem Monster entschlossen in den Weg. Das wirkte jetzt nicht mehr halb so überzeugt wie kurz zuvor. Was immer hier gerade passierte, das Beste war, möglichst viel Abstand zu den beiden Kreaturen zu gewinnen.

Ich wollte schon rückwärts robben, als mein Blick auf meine Hände fiel. Schlagartig verharrte ich an Ort und Stelle und versuchte, zu verdauen, was ich dort sah.

Meine Hände glühten, als hätte ich sie in Brand gesteckt.

Meine Finger brannten eindeutig …

Doch ich fühlte keine Hitze, als ob ich mir das Alles nur einbildete, und wahrscheinlich war es auch so, denn sonst ergab es keinen Sinn. Jedenfalls schien der Anblick meiner brennenden Hände das Monster von seinem ursprünglichen Plan, mich mit seinen Krallen in kleine blutige Schnipsel zu zerfetzen, abzubringen. So oder so vollzog es auf einmal einen spontanen Sinneswandel, brüllte mich ein letztes Mal zähnefletschend an, nur um dann in wenigen Sprüngen durch das zerstörte Fenster in den Garten zu springen.

Das kleine rot-weiße Fellbündel, das mich so tapfer verteidigt hatte, hörte langsam auf zu knurren und wandte sich mir zu. Ängstlich hielt ich die Luft an, als es auf mich zu tapste und mich mit seiner dunklen Nase anstupste. Sein Geweih hatte aufgehört zu brennen, genau wie meine Hände, wie ich mit einem Blick nach unten feststellte.

Es stieß ein letztes Bellen aus, dann folgte es der größeren Kreatur durchs Fenster nach draußen und war im nächsten Augenblick verschwunden. Fassungslos schaute ich ihnen hinterher und versuchte zu begreifen, was in aller Welt hier passiert war?!

Im selben Moment ertönte von der Haustür das hastige Aufschließen des Schlosses und Tante Honora stürmte panisch herein, blieb dann aber wie angewurzelt stehen, als sie das ganze Chaos erblickte, in dem ich mit blutenden Wunden hockte.

Direkt hinter ihr hastete ein Polizeibeamter in den Flur, die Pistole im Anschlag und bereit, jeden Einbrecher ohne Vorwarnung über den Haufen zu schießen. Er blieb genauso ungläubig stehen und schaute sich verwirrt um.

»Was ... ist hier passiert?!«, brach es schließlich aus Tante Honora heraus.

Beinahe hätte ich laut losgelacht oder hemmungslos geheult.

Das hätte ich nämlich auch gern gewusst.

Kapitel 13

Tyran

Sonntagmorgen. Der einzige Tag in der Woche, an dem es nicht hieß, morgens zur Schule zu hetzen oder sich auf das wöchentliche Trainingsspiel einzustimmen.

Zeit, um meiner Schwester und mir ein fürstliches Frühstück zuzubereiten. Kailey hockte auf ihrem Stammplatz am Küchentisch und verputzte gerade den ersten Pancake, den ich in der Pfanne gebraten hatte. Wie immer hatte sie ihn mit einer klebrigen Schicht Sirup bedeckt, so süß, dass ich allein vom Zuschauen einen Zuckerschock bekam.

»Gehen wir heute zusammen Schlitten fahren?«, fragte meine kleine Schwester schmatzend, obwohl sie mich damit schon Dutzende Male gelöchert hatte und die Antwort jedes Mal die gleiche blieb.

»Weiß ich noch nicht. Wie ich dir bereits sagte, kann es sein, dass Bonny nachher vorbeikommt und ich dann mit ihr unterwegs bin.« Automatisch verzog sich ihr Mund zu einer enttäuschten Schnute, da sie ohnehin der Meinung war, ich würde zu viel Zeit mit meiner Freundin anstatt mit ihr verbringen. Was bis zu einem gewissen Grad sogar stimmte, aber hey, ich war schließlich nur ein Junge mit normalen Bedürfnissen. Die entgegen meiner ursprünglichen Hoffnung gestern leider keine Befriedigung fanden.

Noch heute bebte ich vor Wut, wenn ich mich an die Begegnung mit diesem verfluchten Niven erinnerte. Was in aller Welt dachte dieser Fatzke eigentlich, wer er war? Inzwischen hatte ich sicher schon tausend Mal die Situation, wie er mit dem gezückten Messer vor mir stand und mich bedrohte, in meinem Kopf durchgespielt. Fast jede Fantasie endete damit, dass ich ihn ungespitzt in den Boden rammte und ihm schlagkräftig bewies, wer von uns beiden sich gefälligst zurückzuhalten hatte!

»HAST DU MEINE NEUEN MIRACULOUS KARTEN GESEHEN?!«, riss mich Kailey lautstark aus den Gedanken. Anscheinend fragte sie mich das zum wiederholten Mal, ohne dass ich es mitbekommen hatte. Ich schüttelte den Kopf und sie wollte schon aufspringen, um ihr Sammelalbum zu holen, doch ich hielt sie gerade noch rechtzeitig zurück.

»Erst wird in Ruhe zu Ende gegessen, Schwesterchen! Und überhaupt, willst du nicht zuerst noch eine zweite Portion?«

Das schien sie zu überzeugen und hungrig fiel sie über ihren Pancake her. Manchmal fragte ich mich, wo sie all das Essen ließ, das sie über den ganzen Tag verteilt in sich hineinstopfte. Vielleicht hing es damit zusammen, dass ihr Körper noch wuchs und entsprechend viel Kalorien verbrauchte.

Sie wollte schon fortfahren, über die fehlenden Sammelkarten zu klagen, als sich die Küchentür öffnete und Dad hereinschlurfte. Er warf einen kurzen Blick in die Runde, als würde er einen Pub betreten und überprüfen, ob sich Kriminelle in ihm aufhielten. Sein Brummen konnte man mit viel Wohlwollen als ein »Guten Morgen« deuten. Wie gewohnt goss er sich zuerst einen Kaffee ein und nahm einen Schluck, bevor er sich am Kopfende des Küchentisches auf seinen Stuhl plumpsen ließ.

Wenigstens hatte er gestern Abend nach seiner Schicht keine Braut aus irgendeinem Pub abgeschleppt und sich auch nicht mit Hochprozentigen abgeschossen. Trotzdem wirkte er relativ unausgeschlafen. Um den Hausfrieden Kailey zuliebe zu bewahren, probierte ich es mit einem sonntäglichen Friedensangebot.

»Wie sieht es aus, Dad, Hunger auf einen Pancake?«

Misstrauisch zog er eine Augenbraue hoch und beäugte mich, als würde er befürchten, ich könnte ihm Rattengift darunter mischen. Dann zuckte er mit den Schultern. »Wieso nicht. Schaden kann es nach der gestrigen Nacht nicht …«

»Wieso? Ist was Besonderes passiert?«, hakte ich nach, denn normalerweise hielten sich die kriminellen Vorfälle in Sligo in überschaubaren Grenzen. Vielleicht mal ein Unfall oder ein Betrunkener, der sich in der Haustür geirrt hatte und verwirrt im Flur seiner Nachbarn auftauchte, aber davon abgesehen gab es kaum ernsthafte Verbrechen.

»Ob was Besonderes passiert ist?!«, schnaufte Dad und rieb sich sein stoppeliges hageres Kinn. Obwohl er noch recht volles Haar besaß, hatte er sie auf kurze Stoppeln runterrasiert, was den Gesichtsausdruck noch härter machte. Er war stolz darauf, dass er in all den Dienstjahren als Polizist hier in Sligo nie seine Pistole hatte benutzen müssen. Genauso großspurig erzählte er davon, dass ihm der Schlagring aus Metall, den er immer in der Hosentasche bei sich trug, schon mehr als einmal aus einer brenzligen Situation gerettet hätte. Wobei er damit besonders prahlte, wenn er mal wieder seinen Frust ersäuft hatte und redselig wurde.

»Wir hatten gestern einen Einsatz in *Cartron* bei so einer durchgeknallten Drogenabhängigen«, erzählte er schnaufend, während ich seinen Pancake in der Pfanne wendete. »Noch haben wir keine Ahnung, was die sich reingepfiffen hat, aber das wird der Bluttest zeigen. Muss auf jeden Fall 'nen ganz schön heftiger Cocktail gewesen sein. Ist total durchgedreht und hat die halbe Wohnung ihrer Tante im Rausch auseinandergenommen. Die war so weggetreten, die hat nicht mal mitgekriegt, dass sie ihre Hände und Arme in Glassplittern gebadet hat. Überall Blut, dazu eine total wirre Story von irgendeinem Monster, das sie angegriffen hat!«

Er lachte dreckig, was nahtlos in heiseres Husten überging. Ich verzichtete, ihn darauf hinzuweisen, dass vielleicht manche Details seiner Erzählung noch nichts für Kaileys Ohren waren, sondern tischte ihm den Pancake auf und hoffte, dass er ihm zumindest kurz den Mund stopfen würde. Wie sich herausstellte, schaffte er beides gleichzeitig, zu kauen und weiter zu reden.

»Warte mal, vielleicht kennst du das Mädchen sogar?«, fiel ihm ein und er hob fragend den Blick. »Die ist genau wie du sechszehn und geht auch aufs *Ballinode Community College*. Warte mal, wie hieß die noch ...«, dachte er angestrengt nach, bevor sich sein Gesicht aufhellte, als hätte er gerade herausgefunden, wie man die Kriminalitätsrate landesweit auf null senken könnte. »*Aeryn* ... sie hieß Aeryn Clarke. Die lebt bei ihrer Tante, seit vor acht Jahren ihre Eltern spurlos auf hoher See verschwunden sind. Man hat nicht einmal das Schiff der beiden wiedergefunden und nimmt offiziell an, dass sie irgendwo auf dem Atlantik in einen Sturm geraten und gekentert sind. Wenn du mich fragst, hat ihre Tochter sie wahrscheinlich auf dem Gewissen!«

»*Aeryn Clarke?!*«, wiederholte ich ungläubig und konnte es kaum fassen. »Ehrlich jetzt? Die geht mit mir in eine Klasse. So eine durchgeknallte Tussie mit pinken Haaren? Die arbeitet am Wochenende im *Crispy Chicken* Diner.« Dass ich ihr erst gestern begegnet war und es eine handgreifliche Auseinandersetzung zwischen ihren Freunden und unserer Clique gegeben hatte, erwähnte ich besser nicht.

»Würde mich nicht wundern, wenn ihr die nicht so schnell in der Schule wiederseht«, mutmaßte Dad und verschlang den Rest vom Pancake. »Die wird wahrscheinlich erst einmal einige Zeit in der Entzugsklinik verbringen, je nach dem, was sie geschluckt hat.«

Ich nickte stumm, während Dad mit dem Kaffeebecher in der Hand aufstand und ohne weitere Worte die Küche verließ. Kailey entspannte sich sichtlich, denn in Dads Gegenwart drohte die Stimmung jederzeit wie ein plötzlicher Wetterwechsel umzuschlagen, auf strahlenden Sonnenschein konnte im Handumdrehen das dunkelste

Gewitter folgen.

Wenig später klingelte es an der Tür. Ich begrüßte Bonny mit einem Kuss, die vollkommen frisch und erholt wirkte, als hätte sie gestern anstatt Guinness nur literweise Wasser getrunken und wäre bereits vorzeitig aus der *Troubador Lounge* verschwunden, um ihren Schönheitsschlaf nicht zu verpassen.

Kailey zog automatisch eine Flappe, als sie Bonny sah, doch ich hatte mich schon lange damit abgefunden, dass die beiden wahrscheinlich nie beste Freundinnen werden würden. Ich wuschelte meiner Schwester durch die Haare und schickte sie auf ihr Zimmer, mit der Bitte mir doch ein besonders detailliertes Bild zu malen. Spätestens als ich sie um ein hübsches Porträt von Ladybug bat, war sie überzeugt und stürmte voller Elan aus der Küche.

Mit lüsternem Blick zog ich Bonny näher an mich heran, die sich nicht dagegen sträubte. Obwohl sie irgendwo im reicheren *Ballymore* Viertel wohnte, hatte ich sie noch nie besucht, weil ihre Eltern keinen Besuch erlaubten. Doch ungeachtet der Tatsache, dass das kleine Häuschen im *Rathedmond* Viertel, in der meine Schwester und ich zusammen mit Dad lebten, alles andere als besonders luxuriös war, vermittelte sie mir nie den Eindruck, dass ich mich deswegen schämen müsste. Im Gegenteil. Sie schneite oft und gern bei uns herein und schien sich selbst an den anzüglichen Scherzen meines Dads nicht zu stören.

»Hast du schon die Neuigkeiten bezüglich Aeryn gehört?«, fragte ich und sie schüttelte den Kopf.

»Meinst du das Video, das ich auf TikTok hochgeladen habe?«

»Ach Quatsch, das ist doch Schnee von gestern«, lachte

ich. Dann beugte ich mich vor und zog herausfordernd die Augenbraue hoch. »Was bekomme ich, wenn ich dir die neusten durchgedrehten Gerüchte rund um diese durchgeknallte Bitch auf dem Silbertablett präsentiere?«

Sie schürzte die Lippen, bevor sie beiläufig ihren Ausschnitt in Szene setzte. »Ich würde sagen, kommt ganz auf den Recyclingwert deiner News an!«

Ich blickte mich um, um sicherzugehen, dass Dad nicht in der Nähe war und uns zuhörte. Immerhin waren es dienstliche Interna, die ich brühwarm an Bonny weiterreichte.

Doch auf einer Schule war eine der wertvollsten Währungen Klatsch und Tratsch.

Und ich hatte eben einen echten Diamanten gefunden.

»Du wirst es nicht glauben ...«

Kapitel 14

Bonny

Mittwochnachmittag und ein weiterer Tag geschafft.

Als ich heute von der Schule nach Hause kam, fand ich auf dem schmalen Klapptisch im Wohnwagen ein eingepacktes rosa Rüschenkleid mit bunten Schleifen. Dazu ein handgeschriebenes Kärtchen von Mum, dass sie es extra für meinen Schulball zum Halbjahreszeugnis gekauft hatte.

Ich brauchte es erst gar nicht auszupacken, um zu wissen, dass ich das Kleid niemals in meinem Leben freiwillig anziehen würde. Mum glaubte leider immer noch, dass ich ihr braves kleines Mädchen aus der Primary School war, das rosa Blümchenspangen und einen plüschigen Teddyranzen zum Unterricht trug.

Ich verstaute das Kleid unter dem Bett in meinem Privatgemach, das eine durchgelegene Pritsche, einen stockfleckigen Kleiderschrank und einen schmalen

Schreibtisch mit wackligem Stuhl beherbergte. Das winzige Zimmer war vom restlichen Wohnwagenbereich durch einen filzigen Vorhang mit rosa Flamingos abgetrennt. Die Aussicht aus dem runden schmutzigen Fenster bot einen Panoramablick auf die Mülltonnen unserer Nachbarin, die sich ihren Trailer mit ihrem dreijährigen Sohn und zwei Chihuahuas teilte.

Ich würde später zu ihr rübergehen, wenn sie zu ihrer Spätschicht im *Silvers Niteclub* aufbrach, um auf ihr Blag aufzupassen. Nicht weil ich den kleinen Schreihals besonders mochte, sondern weil ich mir mit dem Babysitten ein paar Euro dazuverdiente. Und ich konnte jeden Cent gut gebrauchen.

Schon früh hatte ich herausgefunden, dass die richtige Fassade entscheidend war. Solange meine Freundinnen in der Schule und Tyran und seine Kumpels glaubten, dass ich nicht nur hübsch war, sondern auch aus einem äußerst wohlhabenden Haus stammte, blieb meine Position als inoffizielle Schoolkönigin am *Ballinode Community College* unangefochten. Doch dafür gab es nun einmal gewisse Markenkleidung und Statussymbole, die für diese Rolle unabdingbar waren. Und die kosteten Geld. *Viel Geld.*

Wahrscheinlich würde ich das neue Kleid, das mir Mum geschenkt hatte, umgehend auf Ebay als Neuware verkaufen. Da es definitiv von keinem angesagten Modelabel stammte, würde es nicht viel einbringen, aber letztlich zählte jeder Cent. Zumal ich trotz der ständigen notgedrungenen Ausgaben eisern sparte.

Denn eines war mir klar.

Sobald ich erst einmal die Schule abgeschlossen hatte und volljährig war, würde ich hier die Biege machen. In einer fremden Großstadt wie Dublin oder London wäre es einfacher, einen besser bezahlten Job zu finden und zu neuen Ufern aufzubrechen. Alles, was es brauchte, war ein reicher Lover, der sich Hals über Kopf in mich verliebte und bereit war, mir jeden Wunsch von den Augen abzulesen. Vielleicht würde ich ihn sogar heiraten, um mich später wieder scheiden zu lassen und so einen finanziellen Grundstock aufzubauen. Nichts Verwerfliches daran.

Ich warf einen Blick auf die Uhr. Maximal noch eine Viertelstunde, dann würde ich zum Schreihals rübermüssen. Ich schlürfte vom Pulverkaffee, den ich in der Mikrowelle aufgewärmt hatte. Ein solches Gesöff würden meine Freunde nicht einmal mit der Kneifzange anfassen, geschweige denn freiwillig trinken. Bei dieser Vorstellung musste ich unwillkürlich grinsen. Vermutlich würden sie mich im labbrigen Jogginganzug, den ich momentan trug, dazu weitestgehend ungeschminkt, nicht einmal erkennen und an mir vorbeilaufen, wenn wir uns zufällig in der Stadt auf dem Bürgersteig begegneten. Abgesehen davon, dass ich den Trailerpark niemals in einem solchen Outfit verlassen würde.

Mum würde erst gegen acht Uhr zurückkommen. Dann würde sie wie jeden Abend halbtot ins Bett fallen, während auf dem winzigen Flachbildfernseher irgendeine Kuppelshow lief, die naiven Frauen vorgaukelte, dass irgendwo auf der Welt für jedes schmachtende Herz der richtige Traumprinz wartete.

In diesem Moment summte mein *Bitchphone*, denn selbstverständlich besaß ich zwei Handys. Ein altes, das ich privat für Mum und die Nachbarn benutzte. Und dann natürlich das neueste iPhone mit einer strassbesetzten

Schutzhülle, das ich tagsüber in der Schule dabeihatte oder wenn ich mich am Wochenende mit meinen Freunden traf.

Ein Blick aufs Display verriet mir, dass es Tyran war. So viel zum Thema Traumprinz.

»*Hi Babe, vermisse dich*«, ließ er mich wissen und ich schüttelte ungläubig den Kopf. Zwar mochte ich ihn, aber wie alle Jungs verwechselte er sexuelle Anziehungskraft mit Liebe. Ersteres war praktisch und diente der körperlichen Befriedigung. Zweiteres war reiner Luxus, den man sich nur leisten konnte, wenn man bereits ausgesorgt hatte. Was brachte es mir, mich Hals über Kopf in einen armen Schlucker zu verlieben, der eines Nachts die Biege machte, sobald es darum ging, dem ungeplanten Nachwuchs regelmäßig die Windeln zu wechseln?!

Dafür brauchte ich mir nur Mum als abschreckendes Beispiel anschauen, die mich kaum aus ihrem Bauch hervorgepresst hatte, als mein liebevoller Dad schon all seine Versprechungen von großer Liebe über Bord geworfen hatte und Mum mit mir allein zurückließ.

»*Ich vermisse dich auch XOXO*«, simste ich zurück.

»*Zusammen gegen den Rest der Welt!*«

»*Tiger and Tigress ;)*«

Nachdenklich legte ich das Smartphone zurück auf den Tisch. Letztens erst hatte Tyran mir seine Zukunftspläne offenbart. Auch er wollte nicht in Sligo alt werden und hoffte auf ein Sportstipendium einer Hochschule, das vermutlich seine einzige Chance war, an einer Universität angenommen zu werden. Wenn er sich dabei auf seine Noten verlassen müsste, könnte er sich genauso gut schon jetzt nach einem Aushilfsjob im Supermarkt umsehen. Für ihn war klar, dass ich ihn begleiten würde, egal wohin, nur damit wir zusammenblieben und gemeinsam die Zukunft bestritten.

Verständlicherweise hatte ich ihn nicht darüber aufgeklärt, dass sich seine Vorstellungen nicht unbedingt mit meinen Plänen deckte. Ja, Tyran war ein netter Kerl, ein großartiger Lover, seitdem ich ihn Stück für Stück erzogen und ihm beigebracht hatte, was mir gefiel, aber als Seelenverwandten würde ich ihn nicht gerade bezeichnen.

Zumal er mir schon häufiger vorgeschwärmt hatte, dass er sich mit mir zusammen Kids vorstellen könnte, am besten gleich eine halbe Rugbymannschaft. Kleine *TyBos*, wie er sie nannte, das Ergebnis von Tyran und Bonny. Na klar, er hatte ein paar Minuten seinen Spaß und ich durfte dann fast ein Jahr lang die Konsequenz davon rumschleppen, als ob mir jemand einen Sack Kartoffel um den Bauch geschnallt hätte. *Nein, danke!*

Eine der wenigen sinnvollen Erziehungsmaßnahmen, aber wahrscheinlich die klügste von allen, war der Frauenarztbesuch, zu dem mich Mum gezerrt hatte, als ich meine erste Periode bekam. Obwohl ich damals erst elf wurde, klärte sie mich darüber auf, dass ich von nun an im Körper einer Frau steckte und gefälligst zu verhüten hätte. Die Frauenärztin verschrieb mir die Pille, auch wenn Sex für mich zu dem Zeitpunkt genauso fremd wie China oder die Mongolei war.

»*Gehen wir Samstag auf die UP?*«

»*Wo diesmal?*«

Die UP war eine Undergroundparty, die von einigen Jugendlichen alle paar Wochen organisiert wurde, wobei der Begriff Undergroundparty ähnlich zutreffend wie ein Vergleich zwischen dem Mensaessen in der Schule und einem Festbankett im Restaurant war.

Genaugenommen war es ein Treffen der halben Jugend aus Sligo an irgendeinem abgelegenen Ort, wobei ein paar davon für Alkohol sorgten und ihn für Wucherpreise verkauften, während angesagte Dance-Musik durch akkubetriebene Subwoofer schallte und man zusammen tanzte und abhing. Verständlicherweise durften die Erwachsenen nichts davon erfahren, denn alles war *top secret*. Meiner Ansicht nach war das völlig übertrieben, aber da Sligo über keine brauchbaren Alternativen verfügte, wo man am Wochenende ausgiebig Party feiern konnte, wieso nicht?

»*Meat Hall*«, lautete Tyrans Antwort. Die stillgelegte ehemalige Fleischerei war ein beliebter Veranstaltungsort, da sie etwas abseits im *Orchard Centre* Industrieviertel lag und sich niemand darum scherte, wenn eine Horde Teens dort einbrach.

»*Klingt gut*«, schrieb ich zurück und ergänzte, »*vielleicht sind diese Nerds da. Dann können wir die offene Rechnung begleichen!*«

»Bestimmt. Zwei Fliegen mit einer Klappe.«

Ich schüttete den restlichen Kaffee in die Spüle. Es war an der Zeit, den Wohnwagen zu wechseln, um nebenan aufs schreiende Terrorbaby aufzupassen. »*Mache jetzt Cardio. Bis später …*«, verabschiedete ich mich von Tyran und schaltete das Bitchphone aus.

Als ich den Trailer verließ, atmete ich tief durch. Mein Atem bildete weiße Wölkchen und die Wege zwischen den Wohnwagen bestanden aus schmutzigen Schneematsch.

In nicht allzu ferner Zukunft würde ich endlich diesem Drecksloch entkommen.

So lange hieß es jedoch, die Zähne zusammenzubeißen.

Bis ich es geschafft hatte.

Kapitel 15

Mara

»Sagte ich bereits, dass ich das für keine gute Idee halte?!« Irritiert zog ich die Augenbrauen hoch, als wäre das glasklar.

Meine drei besten Freunde schenkten mir nur einen kurzen verwunderten Blick, als hätte ich ihnen eben erklärt, dass sie von nun an jeden Morgen noch vor der Schule im Fitnessstudio trainieren müssten.

Brian seufzte und unterbrach seine Ausführung über die unendlichen Möglichkeiten von Abführmitteln. »Mara, auch wenn du die Vorsitzende unseres UFO Clubs und ohne Frage oft genug ein Ausbund an guten Ideen und Einfällen bist, diesmal liegst du eindeutig falsch!«

»Genau«, stimmte Patrick zu und sogar Sullivan nickte. Ich musste zugeben, es geschah sehr selten, dass alle drei der gleichen Ansicht waren. Ungefähr genauso häufig, wie Ostern und Weihnachten auf einen Tag fielen.

»Von mir aus kann gern in der Bibel stehen, dass man jemandem auch die andere Wange hinhalten soll, wenn man eine Ohrfeige kassiert hat. Aber spätestens seit Tolkien und seiner *Herr der Ringe* Trilogie sollte eigentlich jeder wissen, dass es auch irgendwann mal an der Zeit ist, dass sich die Gefährten gemeinsam gegen Sauron erheben und die Fesseln der Unterdrückung abstreifen.«

»Sie haben lange genug auf uns herumgehackt!«, ereiferte sich Brian und hätte dabei wesentlich überzeugender gewirkt, wenn er sich nicht gleichzeitig eine Handvoll Chips in den Mund gestopft hätte.

Wir hatten es uns in unserem Hauptquartier gemütlich gemacht, einem schmalen Raum im Dachgeschoss des *Ballinode Community College*. Früher diente er als Abstellkammer für allerlei Gerümpel des Hausmeisters, bis wir den Schuldirektor dazu überreden konnten, unserem Club den offiziellen Status einer schulischen Arbeitsgemeinschaft zu verpassen und uns diese Kammer als Werkraum zu überlassen. Was wahrscheinlich weniger seiner Überzeugung geschuldet war, dass Außerirdische und unbekannte Flugobjekte real existierten, sondern eher der Tatsache, dass er nicht länger wöchentlich von uns genervt werden wollte.

Normalerweise verirrte sich kein Schüler außer uns hierher und so hatten wir die Kammer ganz nach unseren Vorstellungen eingerichtet. Neben einer breiten durchgesessenen grünen Couch und zwei blauen Sesseln, die wir vor dem Sperrmüll gerettet hatten, gab es einen ausrangierten zerschrammten Schultisch, auf dem unser ganzer Stolz stand. Ein Computer, den wir aus Einzelteilen zusammengebastelt hatten und der locker mit der

Rechenpower eines modernen Gamingrechners mithalten konnte. Es gab eine Dachluke, die sich zwar nicht mehr öffnen ließ, durch die aber zumindest etwas Tageslicht fiel. Standesgemäß hingen an den Wänden zahlreiche Poster unserer Lieblingsserien und Filme, angefangen bei Klassikern wie *X-Files* und *E.T.* über *Star Trek* und *Enterprise* bis hin zu Landkarten, auf denen die Sichtung ungewöhnlicher Flugobjekte markiert waren.

»Weißt du, Mara ...«, begann Brian und zuckte mit den Schultern, als würde es ihm leidtun, mir diese Wahrheit zu verraten, »Mädchen und Jungs unterscheiden sich halt in manchen Dingen, nicht nur physiologisch. Jungs ist es nun einmal genetisch mitgegeben, dass sie sich ab einem gewissen Punkt zur Wehr setzen. Stell' dir vor, du pikst einem vor sich hindösenden Löwen ständig mit einem spitzen Stock in den Hintern. Die ersten Male lässt er es sich vielleicht noch gefallen, weil du ihm nicht der Mühe wert bist, aber irgendwann springt er auf und reißt dich in Stücke!«

»Du willst euch drei ernsthaft mit einem schlafenden Löwen vergleichen?!«, fragte ich ungläubig und musste mich zusammenreißen, um nicht laut loszuprusten. Es wäre wirklich lustig, wenn das Ganze nicht zugleich so ein riskantes Spiel mit dem Feuer wäre.

»Ja, nimm beispielsweise diesen Niven«, führte Patrick nun ein weiteres Beispiel an und ich verdrehte die Augen, denn ich hatte bereits befürchtet, dass sie sich an seinem tollkühnen Verhalten ein Vorbild nahmen. »Der hat Tyran und seinen Affen unmissverständlich die Grenzen aufgezeigt und ihnen klargemacht, dass sie sich besser nicht mit ihm anlegen sollten.«

»Genau«, stimmte Brian mampfend zu.

Ich schüttelte den Kopf. Obwohl jeder von ihnen fraglos einen hohen dreistelligen Intelligenzquotienten besaß, verhielten sie sich manchmal so idiotisch, als wären menschliche Interaktionen für sie genauso exotisch wie eine extraterrestrische Zivilisation.

»Wollt ihr euch jetzt also mit Messern ausrüsten und eine Straßengang gründen? Vielleicht die *Lost Hope Brothers*?«, fragte ich halb im Scherz. »Mal abgesehen davon, dass ihr euch mit den Klingen wahrscheinlich eher selbst verletzt, würden sich ganz neue Zukunftsperspektiven für euch eröffnen. Anstatt in Oxford oder Cambridge zu studieren, könntet ihr im Jugendknast ganz wunderbare Freundschaften mit ein paar älteren Muskelpaketen schließen, die euch als ihre Freundinnen unter die Fittiche nehmen. Und das meine ich nicht im übertragenen Sinn. Mangels Alternativen nehmen die es dort mit dem biologischen Geschlecht nämlich nicht so genau. Oder ob ihr ... *gefääääährrrrliiiiche Löwen seid.*«

»Davon hat keiner gesprochen!«, protestierte Sullivan und klang leicht beleidigt. »Nein, wir werden natürlich keine Messer einsetzen, wir werden unsere stärkste Waffe einsetzen. Unsere Intelligenz!«

»Da habe ich so meine Zweifel«, widersprach ich und lehnte mich im Sessel zurück, um ihren weiteren Plänen zu lauschen. Zwar war ich alles andere als überzeugt von ihrem sogenannten Präventivschlag, würde meine Freunde deshalb aber nie im Stich lassen. Wenn ich sie schon nicht von ihrer irrwitzigen Idee abbringen konnte, vermochte ich sie vielleicht zumindest davon überzeugen, dass manche ihrer Vorschläge nicht praktikabel oder die Kollateralschäden zu gewaltig waren. So hatte ich Brian ernsthaft darauf hinweisen müssen, dass Abführmittel im Mensaessen nicht nur Tyran, Bonny und ihre Schlägertruppe treffen würden, sondern alle in der Schule, inklusive sie selbst. Sofern sie nicht auf ihr Mittagessen verzichten und sich dadurch erst recht verdächtig machen wollten.

»Also, wir sollten ihr Sportzeug einfach vor dem nächsten Spiel mit Juckpulver präparieren! Stellt euch vor, wie sie wie von der Tarantel gestochen über das Spielfeld hüpfen«, schlug Brian vor und prüfte mit enttäuschter Miene, ob die knisternde Chipspackung wirklich schon leer war.

»Ich bin eher dafür ...«, wandte Patrick ein, ohne auf den Vorschlag seines Kumpels überhaupt einzugehen, »dass wir uns unbemerkt ihre Schuluniformen ausleihen und sie alle heiß waschen, damit sie ein paar Nummern einlaufen. Wenn sie dann die Kleidung beim nächsten Mal anziehen, werden sie so dermaßen lächerlich aussehen!«

Ich ließ es bleiben, sie auf die unzähligen Logikfehler und Fallstricke in ihren super-intelligenten-ausgereiften-pfiffig-schlauen-Geheimplänen hinzuweisen. Wenn sie länger darüber nachgrübeln würden, kämen sie schon von selbst drauf. Während sie einen Plan nach dem anderen entwarfen, hörte ich nur mit halbem Ohr zu und fragte mich, wie es wohl meiner Spindnachbarin Aeryn ging?

Sie hatte ein paar Tage gefehlt und ich war ihr heute Morgen im Schulflur begegnet, wobei mir unter den Ärmeln ihrer Schuljacketts mehrere Verbände aufgefallen waren. Ich wollte sie schon fragen, ob sie einen Unfall hatte oder es sogar mit der Auseinandersetzung am letzten Wochenende zu tun hatte, als sie uns so tapfer zur Seite stand, doch ich kam nicht dazu. Sie begrüßte mich mit einem kurzen Kopfnicken, dann war sie wieder verschwunden, noch bevor ich die Gelegenheit bekam, sie darauf anzusprechen. Wie eine Fata Morgana, die sich im Flimmern des Wüstensands in Luft auflöste.

»Also, wir sollten sie einfach mit winzigen Kampfrobotern attackieren«, hörte ich Patrick vorschlagen, als ich mich wieder auf ihre Diskussion konzentrierte. Anscheinend waren sie nicht einen einzigen Schritt weitergekommen, außer dass die Ideen immer absurder wurden. Aber wahrscheinlich würde auch diese Schnapsidee von allein im Sande verlaufen und ich brauchte mir darüber keine ernsthaften Sorgen zu machen.

»Was hältst du davon, Sullivan?«, fragte Patrick unseren Kumpel, der sich bis dahin mit eigenen Vorschlägen zurückgehalten und für seine Verhältnisse merkwürdig ruhig geblieben war. Nun jedoch breitete sich ein triumphierendes Grinsen auf seinem Gesicht aus und er zog seinen Rucksack hinter dem Sofa hervor, der viel voller als gewohnt wirkte. Mit verschwörerischer Miene öffnete er ihn und griff hinein.

»Alles Unsinn!«, schmetterte er die bisherigen Vorschläge ab und für einen Moment hoffte ich, er wäre meiner Meinung und fände die ganze Aktion genauso hirnrissig wie ich. Wie sehr ich mich doch täuschte!

»Um ein Raubtier in eine Falle zu locken, braucht es Finesse und vor allem ...«, verkündete er stolz und holte eine große braune Pappschachtel hervor, »die richtige Technik!«

Er nahm den Deckel vom Karton und ich stöhnte ungläubig auf, während Brian und Patrick vor Staunen die Kinnladen runterfielen. Jubelnd lagen sie sich in den Armen und waren sich einig, dass sie nun die Lösung all ihrer Probleme gefunden hatten.

Wie Oppenheimer, der maßgeblich das geheime Manhattan-Projekt leitete. Was schließlich zum Bau der ersten Atombombe führte ...

Manchmal waren die Folgen nicht absehbar.

Dafür umso fataler ...

Kapitel 16

Mara

Viele Kinder auf der Welt lebten auf der Straße und hatten kein Zuhause. So gesehen war ich in einer besonders glücklichen Lage, denn ich hatte gleich zwei davon.

Da gab es zum einen das Elternhaus, in dem ich zusammen mit meinen lieben Eltern, einem älteren Bruder und einer jüngeren Schwester lebte. Es lag südlich in *Kevinsfort*, einem abseitigen Bezirk mit einer Menge kleinerer schnuckeliger Wohnhäuser, die fast alle einen Garten und etwas Abstand zueinander besaßen. Man kannte die Nachbarn mit Namen und grüßte sich, wenn man sich unterwegs beim Gassiführen des Hundes oder auf dem Weg zur Schule traf. Alte Platanen wuchsen am Straßenrand und die weißen Häuser im viktorianischen Stil wirkten zwar alt, stammten aber erst aus den späten fünfziger Jahren.

Ich wohnte gern hier und fühlte mich zuhause wohl,

wenn ich in meinem verwinkelten Zimmer mit den Erkern hockte, das mit seinen vielen Büchern, dem Arbeitstisch mit Mikroskop und Computer, auch spielend als Jungszimmer durchgehen konnte.

Trotzdem gab es einen Ort, an dem ich noch glücklicher war.

Ich öffnete die Eingangstür zum *Flynns Bookshop* Laden und ein helles Läuten ertönte. Die Bücher in der Auslage brauchte ich erst gar nicht prüfen, schließlich hatte ich sie selbst dort aufgestellt und die winterliche Deko geschmückt.

»Hallo? Jemand da?«, rief ich, als ich feststellte, dass keine Kunden im Laden waren und zwischen den Regalen nach neuer Lektüre stöberten.

»Mara?«, kam prompt die Antwort aus dem Hinterzimmer, in dem wir die Kartons mit den Nachbestellungen und Buchlieferungen aufbewahrten, bevor wir die Zeit fanden, sie zu katalogisieren und einzuordnen. Kurz darauf streckte Mum ihren schwarzen Lockenkopf aus der Tür heraus und ein strahlendes Lächeln breitete sich auf ihrem Gesicht aus. Keine Frage, von wem ich meine wilde Haarpracht geerbt hatte, genau wie die Leseleidenschaft. Wobei die ebenso gut von Dad stammen könnte, dem mit Mum zusammen das Buchgeschäft gehörte, das sie seit fast zwanzig Jahren erfolgreich führten.

»*Hm*, wie war es in der Schule?«, erkundigte sie sich neugierig und stemmte ächzend einen Karton voller Bücher auf den Tresen. »Irgendetwas Spannendes vorgefallen?«

»Nicht wirklich …«, verneinte ich, da ich nicht vorhatte, ihr von den wahnwitzigen Racheplänen meiner Freunde zu erzählen, die locker einem berühmten Geheimagenten im

Dienste ihrer Majestät zu Ehre gereichen würden. Auch wenn keiner der drei nur entfernte Ähnlichkeit zu Daniel Craig oder Roger Moore besaß.

»Ich hätte einen Anschlag auf dich vor?!«, fragte Mum, während sie einen Stapel Bücher nach dem anderen auf dem Arbeitstisch neben der Kasse ausbreitete. »Könntest du mich eventuell für eine halbe Stunde, höchstens eine ganze, hier vertreten? Dad ist in Ballina unterwegs und kommst erst am späten Nachmittag zurück und ich muss in die Schneiderei, um die geflickten Hosen für deine Schwester abzuholen. Es wird mir wahrscheinlich für immer ein Rätsel bleiben, wie sie es geradezu spielend schafft, bei jeder Hose innerhalb von Rekordzeit die Knie durchzuscheuern. Vielleicht muss ich ihr beim nächsten Mal dünne Metallplatten einnähen, damit sie etwas länger halten.«

»Kein Problem«, stimmte ich zu, was mich keine Überwindung kostete, denn ich liebte es, in *Flynns Bookshop* auszuhelfen, und kannte mich hier mindestens genauso gut wie meine Eltern aus. Obwohl sie hofften, dass ich mit den guten Noten und dem unstillbaren Wissensdurst später eine wissenschaftliche Ausbildung an einer renommierten Hochschule einschlug, war ich mir da nicht ganz so sicher. Manchmal spielte ich mit dem Gedanken, weiterhin im Buchladen zu arbeiten und das Geschäft eines Tages zu übernehmen. Schon allein der Geruch der Bücher wirkte auf mich wie ein Aphrodisiakum, das meinen Körper in Wallung versetzte, so wie der Duft von Katzenminze jede Katze um den Verstand brachte.

»Soll ich schon mal die Bücher einräumen?«, erkundigte ich mich und Mum drückte mir im Vorbeigehen einen Kuss auf die Wange.

»Tu, was du nicht lassen kannst«, antwortete sie und verschwand hastig aus dem Laden. Anscheinend hatte sie es wirklich eilig, was sicher damit zu tun hatte, dass die Schneiderei über Mittag eine Lunchpause einlegte und das Geschäft solange schloss.

Ich verstaute die Schultasche hinter dem Tresen und prüfte die neu eingetroffenen Bücher, die Mum auf dem Arbeitstisch abgelegt hatte. Wie immer eine bunte Mischung. Einige skandinavische Krimis, die sich gut verkauften, obwohl wir hier in Irland lebten. Seichte Liebesromane, die vor allem eine Sache gemein hatten, und zwar dass jeder von ihnen mit einem Happy End aufwartete. Biografien, Ernährungsberater, Work-Life-Balance Ratgeber, Fantasy-Schinken, alles war dabei.

In diesem Augenblick bimmelte die Türglocke und ich schaute erstaunt auf.

»Was vergessen?«, fragte ich, denn obwohl mir zwei Bücherregale die Sicht auf den Eingang versperrten, vermutete ich, dass Mum kurz zurückgekehrt war. Zur Mittagszeit verirrte sich kaum ein Kunde in den Buchladen, weil die meisten von ihnen zuhause oder unterwegs zu Mittag aßen.

Es irritierte mich, dass ich keine Antwort erhielt, und so fragte ich laut: »Hallo? Ist da wer und kann ich Ihnen helfen?«

Niemand sagte etwas, aber ich hörte ein Schlurfen, als ob jemand langsam zwischen den Bücherregalen hindurch schritt.

Obwohl mich ein mulmiges Gefühl beschlich, wagte ich mich hinter dem Tresen hervor und umrundete das erste Regal. *Niemand zu sehen.* Dann warf ich einen Blick um die zweite Ecke und schrak zusammen.

Ich sah den gebückten Mann nur von hinten, doch auch so konnte ich erkennen, dass er alles andere als dem typischen Buchkäufer entsprach. Er passte hier ungefähr so gut hin wie ein borstiges Wildschwein in eine Herde rosiger Hausferkel.

Der löchrige Mantel hing offen wie ein Vampirumhang an den Seiten herunter und wischte über den Boden, als wollte er ihn damit fegen. Die Stoffhose, die darunter hervorlugte, strotzte vor Dreck und ließ sich wahrscheinlich hinstellen, ohne dass sie in sich zusammenfiel. Vom linken Schuh fehlte die vordere Hälfte, so dass die Zehen herausschauten, die so schwarz waren, als hätte er sie zum Schutz gegen die Winterkälte in flüssiges Pech getauft. Die langen grauen Haare waren zu dicken Strähnen verfilzt, die sich unmöglich noch kämmen ließen und jeden Rastafari aus Jamaika stolz gemacht hätten.

Mein spontaner Impuls bestand darin, so schnell wie möglich Abstand zu der Person zu gewinnen, aber wie hieß es so schön?! Beurteile einen Menschen niemals aufgrund des ersten Eindrucks.

»*Ähm* ... hallo?! Kann ich Ihnen helfen?«, fragte ich erneut zögerlich und wie in Zeitlupe drehte sich der Mann zu mir um. Nun sah ich auch, dass er eine Augenklappe trug und offensichtlich auf einem Auge blind war. Fehlte nur noch der Papagei auf der Schulter und er würde problemlos als Käpt'n Hook durchgehen. Das stoppelige schmutzige Gesicht war so tief zerfurcht, dass man in den Falten ganze Centstücke hätte vergraben können.

Zuerst dachte ich, er hätte mich nicht verstanden,

doch dann antwortete er krächzend: »Ob ... *du* mir helfen kannst?!« Er hustete laut und ich befürchtete schon, er würde hier im Laden vor meinen Augen zusammenbrechen und es wäre Erste Hilfe in Form einer Mund-zu-Mund-Beatmung nötig. Bis ich begriff, dass er in Wirklichkeit lachte. »Vielleicht solltest du besser fragen, wie ich ... *DIR* ... helfen kann!«

»Wie bitte?«, fragte ich verwirrt und immer nervöser, denn ich wurde von Sekunde zu Sekunde überzeugter, dass der Alte nicht alle Tassen im Schrank hatte.

Für einen Augenblick verstummte er, als würde er überlegen, ob er mir ein Geheimnis anvertrauen könnte. Dann machte er einen Schritt auf mich zu und es kostete mich alle Überwindung, nicht schreiend aus dem Laden zu rennen. Nun erst nahm ich den stechenden Gestank wahr, den er verströmte und mit dem er meinen geliebten Büchergeruch überdeckte.

»*Schon bald, schon bald wirst du aufbrechen ...*«, ließ er mich wissen und verzog sein Gesicht zu einem Grinsen. »*Du ... wirst in die Ferne ziehen und Feinde werden zu Freunden. Gewissheiten werden zu Fragen. Und eines Tages ... wird sich dir die alles entscheidende Frage stellen!*«

Ich verstand kein einziges Wort von dem irren Gebrabbel, obwohl ich schon jede Menge kryptisches Zeug gelesen hatte. Plötzlich ging ein Ruck durch seinen Körper, als hätte ein Wecker in seinem Inneren geklingelt, und er schlurfte zurück zur Ladentür.

Fassungslos starrte ich ihm nach und überlegte, was hier eben passiert war? Er hatte die Tür schon geöffnet und wollte den Laden gerade verlassen, als ich ihm reflexartig hinterherrief: »Was für eine entscheidende Frage?!«

Wieder lachte er hustend und die Tür schloss sich hinter ihm.

Trotzdem konnte ich noch seine letzten Worte hören, die er mir zurief.

»*Ob du deinem Verstand oder deinem Herzen folgen sollst ...*«

Kapitel 17

Niven

Freiheit. Worin bestand echte uneingeschränkte Freiheit?!

Für viele Menschen hieß das wahrscheinlich, finanziell ausgesorgt zu haben, gesund zu sein und tun und lassen zu können, was sie wollten. Aber das war ein Irrtum. Selbst ein gut gefülltes Bankkonto oder unerwarteter Lottogewinn sorgten nicht automatisch dafür, dass man glücklich wurde und sich vollkommen frei fühlte.

Denn Fallstricke lauerten überall, wie bei einem Fisch, der unbeschwert und grenzenlos durchs Meer schwamm, ohne zu ahnen, dass um ihn herum unzählige Fischernetze nur darauf warten, sein Leben in Freiheit ein für alle Mal zu beenden.

Doch das Gefühl in diesem Augenblick, wie mir der Fahrtwind durch die Haare wirbelte, links die Aussicht über den endlosen Atlantik und der Geruch von Salz und

Tang in der Nase, kam meiner Vorstellung von Freiheit schon ziemlich nahe.

Meine Definition bestand nicht darin, finanziell unabhängig zu sein, was sicherlich vorteilhaft, aber nicht entscheidend war. Mir ging es eher darum, keinen Vorschriften folgen zu müssen, zumindest keinen, die ich nicht selbst aufgestellt und als richtig erachtet hatte.

Ich beschleunigte die Yamaha R6 Race, ein Sport-Motorrad mit 4-Takt-Zylinder und knapp 120 PS, mit einer schwarz-roten Speziallackierung, die das PS-Monster noch brachialer wirken ließ. Laut knatternd überholte ich die Familienkutsche, die gemächlich auf der Küstenstraße vor mir her zuckelte. Zwei Kindergesichter mit aufgerissenen Augen klebten am Seitenfenster, während ich vorbeizog, als wäre ich ein einbeiniger Wikinger auf einem fliegenden Einhorn. Ich schenkte ihnen ein kurzes Lächeln, dann war ich vorbei.

Wahrscheinlich klärte ihr Vater die beiden gerade über mein unverantwortliches Verhalten auf, sie mitten in der Kurve zu überholen und vor allem statt eines Helms nur eine verspiegelte Sonnenbrille zu tragen. *Aber die Gesetze irgendwelcher Spießer und Sesselpupser waren nun einmal nicht meine eigenen.*

Natürlich hatte ich mir deswegen schon unzählige Vorträge anhören müssen, sei es von meinem erzürnten Vater oder dem besorgten Schuldirektor, ich würde willentlich meine Zukunft wegwerfen und mit Vollspeed auf den Abgrund zurasen, aber das stimmte nicht.

Es ging mir ja genau darum, *meine kostbare Lebenszeit eben nicht zu verschwenden!*

Wenn ich auch nur ansatzweise das Gefühl hätte, ich

würde in der Schule irgendetwas Nützliches lernen, wäre ich mit Sicherheit öfter dort anzutreffen. Aber Tatsache war, dass das Wissen über den zellulären Aufbau einer Amöbe oder die Einteilung der chemischen Elemente in Gruppierungen für das reale Leben in etwa so praktisch waren, wie ein Hammer zum Bohren eines Loches in der Wand.

Allerdings spielte ich seit einigen Tagen vermehrt mit dem Gedanken, zukünftig wieder häufiger in der Schule aufzulaufen. Nicht weil ich meine Meinung über den Nutzen des Unterrichtsstoffes geändert hätte, sondern weil es in der Klasse ein ganz bestimmtes Mädchen gab.

Obwohl ich Aeryn seit dem letzten Wochenende, als ich sie nach der Auseinandersetzung mit diesen Rugby-Prolls nach Hause begleitet hatte, weder gehört noch gesehen hatte, tauchte sie ständig vor meinem inneren Auge auf. Was mich mit einem großen Fragezeichen zurückließ ...

Unsere Unterhaltung war flüssig und spaßig gewesen und spätestens, als wir gemeinsam an der Kaimauer am Hafen standen, ging sie über das normale belanglose Geplänkel hinaus. Dazu hatte ich aus einem mir unerfindlichen und nicht nachvollziehbaren Grund spontan ihre Hand ergriffen. Was ich keinesfalls bereute, auch wenn ich es nicht kapierte.

Ich gab Gas und beschleunigte die Maschine auf fast achtzig Meilen pro Stunde, was weit über der erlaubten Höchstgeschwindigkeit auf der kurvenreichen Küstenstraße lag, und der Fahrtwind blies mir fauchend um die Ohren. Rechts erstreckten sich hinter flachen Natursteinmauern hügelige Wiesen, die mit einer weißen Schneeschicht bedeckt waren. Auf manchen davon weideten Schafe, die ganzjährig draußen blieben und vereinzelt Stellen freigetreten hatten, um ans grüne Gras darunter zu kommen. Über mir segelten ein paar Möwen und blickten mir verwundert nach.

Und dann hatte sie mich geküsst …

War es nur ein flüchtiger Abschiedskuss, aus Dankbarkeit, weil ich sie nach Hause begleitet hatte? Dagegen sprach eindeutig, dass sie mich auf den Mund geküsst hatte. Und ihre Lippen hatten sich so weich angefühlt. *Geradezu sinnlich …*

Beinahe hätte ich über mich selbst gelacht. Normalerweise war ich alles andere als der romantische Typ und momentan auch nicht auf der Suche nach einer Freundin. Das wäre nur mit weiteren Einschränkungen und Verpflichtungen verbunden, die so ziemlich konträr zu meiner persönlichen Freiheit verliefen.

Außerdem wusste ich kaum etwas über sie, außer dass sie ihre Eltern verloren hatte und auf ihre Tante nicht besonders gut zu sprechen war. Ihr Wochenendjob im *Crispy Chicken* deutete darauf hin, dass sie nicht unbedingt im Geld schwamm und auf den Zuverdienst angewiesen war, was natürlich keine Rolle spielte. Wenn überhaupt, machte sie gerade die Tatsache, dass sie sich nicht wie diese Bonny zu schade war, sich die Hände dreckig zu machen, nur noch sympathischer.

Ich drosselte das Tempo, als ich Bundoran durchquerte, einen verschlafenen ehemaligen Fischerort mit einer Hauptstraße, die direkt am Hafen entlangführte. Touristen waren zu dieser Jahreszeit fast keine mehr unterwegs, denn wer hier seinen Urlaub verbrachte, wollte im warmen Meer baden und nicht auf den umliegenden Hügeln Schlitten fahren.

Als ich das Dorf hinter mir ließ, bog ich auf die Nationalstraße 3 ab, die östlich ins Landesinnere verlief. Ich folgte dem Straßenverlauf, vorbei an einzelnen Gehöften und verlassenen Steinhäusern, deren Dächer längst eingebrochen und die Wände von wildem Efeu überwuchert waren.

Schließlich erreichte ich das Ziel meines Ausflugs. So sehr ich die Fahrt auf dem Motorrad auch genossen hatte, war ich die gute Stunde von Sligo aus nicht hierher gecruist, um die schöne Aussicht oder den frischen Seewind auf der Küstenstraße zu genießen.

Kurz hinter Magheraboy, wo die Nationalstraße in die Autobahn überging, die weiter nach Enniskillen führte, standen drei größere Gebäude, beleuchtet von grellen Neonschildern.

Das Erste war eine schmucklose Tankstelle namens *Blackslee Gas*, die dafür sorgte, dass Vorbeireisende anhielten, um ihre Autos vollzutanken.

Das Zweite war etwas höher gebaut und besaß rot angepinselte Außenwände, von denen stellenweise der Putz abbröckelte. Ein großes Leuchtschild wies es als die *Venus Lounge* aus und hätte noch ein vorbeifahrender Trucker seine Zweifel gehabt, hätten ihn spätestens die leicht bekleideten wartenden Damen vor dem Haus vom Bestimmungszweck dieser Absteige überzeugt. Hier kehrte ein, wer seinen persönlichen Tank entleeren wollte.

Das dritte Gebäude lag auf der anderen Straßenseite, direkt hinter dem großflächigen Parkplatz mit dem aufgeplatzten Asphalt. Es war langgestreckt und die Fenster der Außenfront mit schwarzen Folien versiegelt, so dass kein Fitzelchen Licht ins Innere fiel. So gesehen der perfekte Versammlungsort für eine Gruppe Vampire, die das Sonnenlicht scheute wie der Teufel das Weihwasser. Ein Neonschild mit leuchtendem Stierkopf wies es als *Rock Steak Diner* aus, doch jeder hungrige Autofahrer musste eine Menge Mut aufbringen, um den Schuppen zu betreten.

Direkt vor der Musikbar standen in einer Reihe an die zwanzig Chopper und Motorräder und verrieten schon draußen, welcher Art Gäste sich im Inneren tummelten.

Ich nahm die Ausfahrt zum Parkplatz und parkte meine Maschine mit etwas Abstand zu den anderen. Furchtlos marschierte ich auf den Eingang zu, neben dem zwei hünenhafte Gestalten lungerten, die mich finster anstarrten. Einer trug einen geflochtenen Vollbart und hatte eine Glatze, der zweite besaß gelockte wilde Haare, die ihm bis weit über die Schulter hingen. Beiden gemein waren die silbernen Ohrringe und Piercings sowie die zahlreichen Tätowierungen, die ihre muskulösen Unterarme zierten. Sie trugen Jeans, Armeestiefel und schwarze ärmellose Motorradwesten, die mit identischen Insignien bestickt waren.

Beide rauchten Zigaretten und einer hielt eine Flasche in der Hand. Nein, freiwillig würde ein Normalsterblicher hier sicher nicht so schnell einkehren. Ohne zu zögern, marschierte ich auf sie zu und blieb vor ihnen stehen. Sie ähnelten bissigen Kampfhunden, die jede Spur von Angst wittern konnten.

Sie sagten kein Wort und starrten mich nur finster an, so dass ich zuerst das Wort ergriff: »*Diaz Tu*, Jungs! Ist Barry im Haus?«

Für einen Augenblick stierten sie mich weiter an, dann

nickte der Glatzkopf in Richtung Tür und erteilte mir somit die Erlaubnis einzutreten.

Ich öffnete die Tür und harte Rockmusik schallte mir entgegen.

Todesmutig betrat ich die Höhle des Löwen.

Kapitel 18

Niven

Lang nicht gesehen ...«, begrüßte mich Barry und nahm einen tiefen Schluck von seinem nachtschwarzen Guinness. Er musterte mich und zog die Augenbraue hoch, die von einer schmalen Narbe durchschnitten war.

»Guten Monat her«, schätzte ich und deutete auf den Stuhl am Tisch ihm gegenüber. »Okay, wenn ich mich einen Augenblick setze?«

Er nickte und steckte sich eine filterlose Zigarette in den Mund. Natürlich trug auch er eine Kutte, wie alle Mitglieder seiner Gang, die querverteilt in der gesamten Bar hockten. Einige standen zusammen an der Theke, andere spielten am Pooltable in der Ecke des Raums oder saßen an den Tischen und tranken Bier.

Obwohl Barry nicht annähernd so muskulös wie manch anderer Biker in der Kneipe wirkte und sein Gesicht mit den schwarzen, nach hinten gegelten Haare fast sogar brav erschien, gab ich mich keinen Illusionen hin. Spätestens ein Blick in seine kalten abschätzenden Augen verrieten einem, dass man es sich besser nicht mit ihm verscherzen sollte. Zumindest nicht, wenn man die Bar in einem Stück verlassen wollte.

Auf seinem Schoss hockte eine leicht bekleidete Braut, die ihm wortlos die Zigarette anzündete, woraufhin er einen tiefen Zug nahm.

»Und? Gute Geschäfte gemacht?«, fragte er beiläufig, wie ein Wolf, der ein Schaf auf ein harmloses Pläuschchen einlud.

»Kann nicht klagen«, erwiderte ich und steckte mir ebenfalls eine Zigarette an. »Das meiste Gras habe ich zwar selbst geraucht, aber einen Teil davon auch an andere Kids aus meiner Klasse weiterverkauft. Dreißig Prozent draufgeschlagen, um meine Unkosten zu decken. Man lebt ja nicht von Luft und Liebe allein.«

»Tja ...«, antwortete Barry und schniefte geräuschvoll die Nase hoch, bevor er mir sein Haifischgrinsen präsentierte. »Das sind die Gesetze des Kapitalismus.«

Ich nickte und schaute zu, wie er das restliche Guinnes austrank und der Braut auf seinem Schoss einen Klaps auf den Hintern gab. Sie erhob sich und verschwand langsam und lasziv in Richtung Theke. Er blickte ihr hinterher und starrte dabei ganz offensichtlich auf ihren Allerwertesten, bevor er sich wieder an mich wandte: »Also, ich nehme an, du bist hier, um Nachschub zu kaufen.«

»Yep, deshalb bin ich hier.«

»Das Übliche?«

Ich zog an der Zigarette. »Ja, wie immer.« Ich zückte aus der Innentasche meiner Motorradjacke ein Bündel gerollter Geldscheine und schob es über die Tischplatte zu ihm rüber. Er warf nur einen kurzen Blick darauf und machte sich nicht die Mühe, es nachzuzählen. Kaum einer wäre so dumm, ihn zu bescheißen. Ich jedenfalls ganz sicher nicht.

»Hey, Jack?!«, rief er quer durch die Bar, so laut, dass seine Stimme die Rockmusik übertönte. Einer der Biker vom Billardtisch, ein Glatzkopf mit leichter Plauze, machte sich daraufhin sofort auf den Weg und kam zu uns rüber. Er musterte mich argwöhnisch und wandte sich dann an seinen Anführer. »Bring diesem jungen Gentleman doch bitte fünfzig Gramm von unserem feinsten Schnitt.« Der Typ wollte sich gerade entfernen, als Barry etwas hinterherschob: »Ach ja und bring mal ein Probepack von unseren Roten mit.«

Zwar hatte ich keinen blassen Schimmer, worum es sich dabei handelte, beschloss aber, es auf mich zukommen zu lassen. Wenig später kehrte der Glatzkopf zurück und ließ die Bestellung auf den Tisch fallen. Nachdem Barry ihn mit einem Kopfnicken wieder entließ, latschte er zu seinen Spielkameraden.

»Hier«, sagte Barry und schob mir die Drogen über den Tisch zu. Ich nahm sie stirnrunzelnd entgegen. Das Marihuana-Päckchen verschwand in meiner Innentasche, aber das Tütchen mit den sechs roten Pillen hielt ich irritiert hoch. »Und ... was ist das?«

Er schürzte die Lippen. »Ein kleines Gastgeschenk zum Probieren. Keine Sorge, nichts Heftiges, der Trip ist gut, aber macht dich nicht abhängig, wenn das deine Sorge ist.«

Ich nickte nur und wusste nicht recht, was ich davon

halten sollte. Zwar rauchte ich häufiger mal einen Joint, aber um alle anderen Drogen schlug ich normalerweise einen großen Bogen.

»Probier es aus!«, meinte er beiläufig und blickte mich abwartend an. Seine Lippen verengten sich zu einem Strich und obwohl er es nicht aussprach, erkannte ich, dass es kein Vorschlag war, sondern eine Aufforderung ohne Alternative. Zumindest wenn ich hier nicht rauskriechen wollte. Plötzlich kam ich mir vor wie ein Hase, den man in einen Käfig voller Schlangen und Skorpione gepackt hatte.

Doch so schlimm würde es schon nicht werden. »Klar, wieso nicht«, antwortete ich so gelassen wie möglich, fischte eine Pille aus dem Tütchen und schluckte sie herunter. Wie war das noch bei Matrix? Die blaue Kapsel brachte einen zurück in die Matrix, die rote befreite einen aus der Simulation.

»Das ist mein Mann!«, nickte Barry zustimmend, als hätte ich eben einen idiotischen Test bestanden. »Man sieht sich ...«, verabschiedete er sich und winkte seiner Braut zu, dass sie gefälligst zu ihm zurückkehren sollte. Ich war offiziell entlassen und verließ auf schnellstem Wege die Bar. Draußen auf dem Parkplatz stieg ich auf meine Maschine und atmete die frische Luft ein. Der Nachmittag neigte sich langsam dem Ende entgegen und es war noch hell.

Bislang spürte ich keine Wirkung von der Pille, doch ich machte mir nichts vor. Das konnte sich jede Sekunde schlagartig ändern. Zweifellos war es nicht die klügste Idee, in diesem Zustand Motorrad zu fahren, aber ich hatte auch nicht vor, hier stundenlang auf dem Parkplatz abzuwarten, bis die Pille reinkickte und der Rausch wieder verflog.

Zügig fuhr ich auf die Nationalstraße in die Richtung,

aus der ich gekommen war. Ich folgte in wahnsinnigem Tempo der Asphaltspur, die sich zwischen den verschneiten Mauern und Hügeln dahinzog. Der Lichtstrahl des Scheinwerfers jagte vor der Yamaha hinweg und ich fühlte mich wie ein gefährliches Schattentier, das eine winzige Sonne verfolgte.

Einmal glaubte ich, seitlich von mir merkwürdige Fabelwesen zu sehen, die parallel zur Straße über die weißen Wiesen hetzten, als würden sie sich der Wilden Jagd anschließen, deren Anführer ich war. Vielleicht schwamm ich unter Wasser, wie ein Hai, der den warmen Strömungen des Meeres folgte, ein Raubtier unter Beute, das gierig den Geruch von Blut witterte.

Eine Weile war ich mir sicher, dass jemand hinter mir auf dem Ledersitz des Motorrads hockte und mich begleitete. Die Arme um mich geschlungen, den Körper an mich geschmiegt und den Kopf an meinen Rücken gelehnt. Ich brauchte mich nicht umzuschauen, um zu wissen, dass es Aeryn war. Beinahe konnte ich ihr Lachen in den Ohren hören. Vielleicht war es aber auch das Kreischen der Möwen, die mich riefen, damit ich durch die Leitplanken der Küstenstraße fuhr und mich ihnen im Flug über den Atlantik anschloss.

Aeryn ...

Ich flog durch die Landschaft auf dem Weg in die Ewigkeit und wusste, dass sie an meiner Seite war. In diesem Moment spürte ich, wusste es mit jeder Faser im Körper, dass sie ein Teil von mir war, verbunden mit meiner Seele, wie zwei Seiten einer Medaille. Unsere Schicksale waren untrennbar miteinander verflochten.

Die Steinmauer neben mir wuchs immer weiter

in die Höhe, wurde größer und größer, bis sie fast zum Himmel reichte. Auf der anderen Seite befand sich die Dunkelheit, die sich nach mir verzehrte und mich rief, wie eine leise flüsternde Stimme im Unterbewusstsein, die meine finstersten Träume kannte. Hier auf dieser Seite herrschte das Licht, doch die Sonne ging unter. Sie berührte den Horizont und setzte das Meer in Feuer. Die Wellen brannten und nicht mehr lange, bis auch die Erde in Flammen aufgehen würde.

TTTTUUUUUUUUUTTTTTTT …

Das Metallmonster mit dem riesigen weitgeöffneten Maul schoss direkt auf mich zu. Es brüllte mich an, bereit, mich mit einem Bissen zu verschlingen. Im letzten Moment riss ich mein schwarzes Pferd herum und zischte so knapp an der gewaltigen schuppigen Schlange vorbei, dass ich ihren kalten giftigen Atem im Gesicht spüren konnte.

Vielleicht hätte ich in diesem Augenblick vor Angst schreien sollen, dass ich so dicht mit dem Tod auf Tuchfühlung ging. Doch das Gegenteil war der Fall und ich lachte dem Gevatter herausfordernd ins Gesicht.

Ich fühlte mich so lebendig wie selten zuvor.

Ich war frei …

Kapitel 19

Bonny

Hämmernde Beats, untermalt von einem dumpfen Bass, der tief im Bauch brummte. Blitzende weiße Lichter, die über die kaputten Fliesenwände zuckten und die rostigen Metallketten beleuchteten, die von der Decke baumelten.

Über eine Wand flimmerte das pixelige Video einer Endloscollage von kopulierenden Tieren, das über einen batteriebetriebenen Beamer an die Fliesen projiziert wurde. Zusammen mit der schnellen harten Musik ergab dies eine äußerst surreale Kulisse, die für eine Hundertschaft notgeiler angetrunkener tanzender Jugendlicher nicht hätte passender sein können.

Obwohl manche Fensterscheiben im oberen Drittel der Fabrikwände zerbrochen waren und es draußen schneite, herrschten im Inneren der Halle fast sommerliche Temperaturen. Früher hingen an diesem Ort gehäutete kopflose Rinder an wuchtigen Fleischerhaken, heute dampften in dieser Location unzählige schwitzende Jugendliche, die zum schnellen Takt der Musik tanzten.

UP in der MH.

Underground Party in der *Meat Hall.*

Nur noch ein paar Minuten bis Mitternacht, doch die Uhrzeit interessierte mich nicht. Mum würde schlafen, wenn ich nach Hause kam, zumal sie es schon lange aufgegeben hatte, mir Vorschriften zu machen, wann ich auf der Matte zu stehen hatte.

Ich trank einen Schluck aus der Bierflasche in meiner Hand und schwang die Hüften zur Musik. Um mich herum tanzten meine Mädels aus der Clique, allen voran Kiana, Liath und Nola, die ähnlich wie ich schon einen leichten Schwips hatten. Kein Wunder, da wir vor dem Eintreffen auf der Party zusammen mit den Jungs mit kleinen Schnäpsen vorgeglüht hatten.

Ich hatte keine Ahnung, wo sich Tyran derzeit mit seinen Kumpels herumtrieb, aber es spielte auch keine Rolle. Momentan war mir nach Tanzen zumute und später, wenn es mir nach anderem gelüstete, würde ich ihn schon in der Menge wiederfinden. Wahrscheinlich hing er mit seinen Freunden in Nähe der improvisierten Theke ab, an der einige geschäftstüchtige Jugendliche alle möglichen Getränke zu Wucherpreisen verhökerten.

Bad Memories von Meduza setzte ein und meine Mädels und ich jubelten laut vor Begeisterung. Momentan einer unserer absoluten Lieblingssongs und entsprechend frenetisch feierten wir ihn ab.

Natürlich bemerkte ich die lüsternen Blicke der Jungs, die sich wie zufällig unserer Gruppe näherten. Manche von ihnen starrten uns einfach nur verstohlen an und malten sich vermutlich aus, wie es wohl wäre, eine Nacht mit mir zu verbringen. Andere besonders Wagemutige versuchten sogar, mit uns zu tanzen, zwar nicht auf Tuchfühlung, aber doch eng genug, dass sie definitiv Ärger bekommen würden, wenn unsere Jungs sie dabei erwischten.

Was mir vollkommen egal wäre. Mir war klar, dass Kerle nichts weiter als verkleidete Primaten waren, zu deren natürlichen Bedürfnissen es gehörte, sich ab und zu mit potentiellen Rivalen zu raufen. Wahrscheinlich war es sogar gesund und half ihnen dabei, überschüssiges Testosteron abzubauen.

Die ganzen bebrillten Pazifisten erzählten zwar gern, dass es heutzutage weniger darauf ankam, wie physisch stark ein Mann war. Dass in Wirklichkeit die inneren Werte und der Intellekt mehr zählten als pure Gewalt. Das mochte zutreffen, wenn einer dieser schlauen Eierköpfe irgend so ein innovatives Start-up gründete, das er später für mehrere Millionen verkaufte. Klar war es dann seiner potentiellen Verlobten, die plötzlich bei ihm Schlange standen, vollkommen egal, ob der Typ aussah wie Quasimodo persönlich.

Aber ansonsten war es so wie früher.

Am Ende wollte ein Mädchen einen echten Kerl, der sie im Notfall beschützen und an dessen breiter Brust sie sich anlehnen könnte. *Alles andere war Bullshit.*

Die letzten Klänge von *Bad Memories* verklangen und in der kurzen Pause schrie mir Liath ins Ohr: »Bonny, wir müssen auf Toilette! Kommst du mit?«

Ich überlegte, nickte und folgte ihr nach draußen. Natürlich gab es in dieser Fabrikhalle keine echten

Sanitäranlagen oder besser gesagt, jene, die damals für die Arbeiter zur Verfügung standen, waren definitiv nicht länger benutzbar. Zumindest nicht, wenn man sich keine Splitter ins Fleisch jagen oder irgendwelche mittelalterlichen Krankheitserreger einfangen wollte. Blieb das Pinkeln vor der Halle hinter einer Ecke, so dass man ungesehen von den anderen seine Blase erleichtern konnte.

Mühsam bahnten wir uns einen Weg durch die Menge, als ich plötzlich ein mir bekanntes Gesicht entdeckte. Die Fresse des Rotschopfs, der gerade mit einem Bier in der Hand lässig an einem ehemaligen Schlachttisch lehnte, würde ich nicht so schnell vergessen. Dieser verflixte Niven, der uns vor einer Woche die Abreibung der Nerds vermiest hatte. Unwillkürlich musste ich lächeln, als ich ihn sah, denn anders als er wusste ich, dass er einen schweren Fehler begangen hatte, heute Abend herzukommen. Wie ein trockener Alkoholiker, der freiwillig eine Bierverkostung in einer Brauerei besuchte. Er würde definitiv sein blaues Wunder erleben, denn diesmal waren Tyran und seine Kumpels darauf vorbereitet, dass er sein verfluchtes Messer bei sich trug. *Was für ein beschissener Freak!*

Blieb nur zu hoffen, dass sich seine bescheuerten Nerdfreunde und diese pinkhaarige Aeryn hier ebenfalls herumtrieben, denn auf deren Denkzettel freute ich mich ganz besonders. *Keiner legte sich mit mir an und kam ungeschoren davon!*

Schnell tauchte ich wieder in der Menge unter und folgte meinen Freundinnen nach draußen, wo wir allesamt mit unserem dampfenden Urin dabei halfen, einen winzigen Teil des Schnees zu schmelzen. Als wären wir keltische Druidinnen, die mit magischen Ritualen den Frühling herbeirief. Auf dem Weg zurück in die Halle entdeckten wir die Jungs, die genau wie wir frische Luft schnappten und lachend und grölend neben dem ehemaligen Lieferanteneingang herumstanden.

»Na, ihr Helden!«, begrüßte ich sie, als wir uns näherten. Zustimmende Sprüche, als hätten wir damit den Nagel auf den Kopf getroffen. Schnell fanden die Paare zusammen, um zu kuscheln und mit Küssen ihre Zugehörigkeit zueinander zu bestätigen, wie Wölfe in einem Rudel, die durch den Austausch von Körperberührungen und Gesten ihr soziales Gefüge festigten. Ich konzentrierte mich auf Tyran, der seine Hände besitzergreifend um meine Hüfte schlang und mich an sich zog.

»Ich hab' dich schon gesucht, meine hübsche Queen«, ließ er mich wissen, auch wenn ich mir das nur schwer vorstellen konnte. Immerhin hatten sie bis eben noch in aller Seelenruhe hier herumgelungert und wahrscheinlich voreinander mit ihren Frauenabenteuern geprahlt. Was okay war, zumal ich in Kürze dem wenig schnulzigen Liebesroman von Tyran und mir ein weiteres Kapitel hinzufügen wollte. Das Tanzen, der hormongeschwängerte Schweißgeruch in der Halle und die vielen Drinks, all das hatte meine Lust entfacht und ich brauchte meinen Lover, um diesen Flächenbrand in mir zu löschen.

»Nun hast du mich gefunden«, antwortete ich mit einem lasziven Augenaufschlag und rieb den Körper an seinem, wobei meine Hand wie zufällig über seinen Schritt streichelte und dort einen Augenblick verharrte. Tyran war wie fast alle Jungs nicht besonders empfänglich für subtile Zeichen und bevorzugte Hinweise mit dem Vorschlaghammer. »Was hältst du davon, wenn wir zwei die anderen hier ein Weilchen alleinlassen und ein bisschen das Gelände erkunden. Wer weiß, was wir hier für Abenteuer entdecken?«

Tyrans Gesicht verzog sich zu einem lüsternen Grinsen. Anscheinend hatte er den Wink mit dem Zaunpfahl verstanden und wie bei jedem Jungen bedurfte es keiner aufwendigen Überredungskünste, um ihn von einer Runde Sex zu überzeugen. Ähnlich wie ein hungriger Tiger nicht lange überlegen brauchte, wenn man mit einem blutigen Steak vor seiner Nase herum wedelte.

»Wir erkunden ein bisschen das Gelände«, ließ Tyran die anderen wissen und nahm mich in den Arm. Dabei grinste er so breit, dass selbst der letzte Depp begriff, was wir in Wahrheit vorhatten.

»Tut nichts, was wir nicht auch tun würden!«, rief einer seiner Kumpels grölend.

»Da fängt der Spaß doch erst an«, antwortete ich schlagfertig und erntete zustimmendes Gelächter.

Kurz darauf schlenderten wir an weiteren Jugendlichen vorbei, die hier draußen frische Luft schnappten oder sonstigen Unsinn trieben. Ich sah einige jüngere Schüler, die eine Fabrikwand mit obszönen Kritzeleien verzierten, schenkte ihnen aber keine Beachtung. Sollten sie doch ihren Spaß haben, den hatten wir schließlich auch.

Zielsicher steuerten wir ein paar kleinere Gebäude an, die hinter der Haupthalle der *Meat Hall* Fabrik lagen und früher einmal der Verwaltung dienten. Ich war zuversichtlich, dass wir dort ein passendes Plätzchen fanden. Vielleicht sogar irgendwo im Freien, was dem Ganzen einen besonderen Reiz verleihen würde.

Als wir einigermaßen außer Sichtweite waren, drehte

ich mich zu Tyran um und fasste ihm wenig subtil um den Schwanz, der sich bereits deutlich unter der Ausbeulung seiner Jeans spüren ließ.

»*Uih*, das fühlt sich ganz schön schwer an«, stellte ich lachend fest und er grunzte zustimmend, wobei er sich zu mir umdrehte und lüstern grinste.

»Vielleicht hilfst du mir ja, das tonnenschwere Gewicht etwas zu erleichtern?!«, fragte er mit rauer Stimme, während seine Hände unter meiner Jacke verschwanden und die Brüste fanden, zielsicher wie zwei Torpedos ein feindliches U-Boot. Gleichzeitig löste ich seinen Gürtel und knöpfte ihm die Hose auf. Meine Finger glitten unter seinen Slip und er stöhnte erregt, als ich seine Manneskraft in die Freiheit entließ.

Auffordernd rieb ich den Hintern an seinem Schwanz und ganz wie ein Gentleman half er mir dabei, den Rock zu lüften und Strumpfhose und Slip hinunterzuziehen.

Trotz der Kälte hier draußen war mir heiß und ich wollte ihn Hier und Jetzt in mir spüren. Er tat mir den Gefallen und ich stöhnte laut auf.

Ich spürte seinen keuchenden Atem im Nacken.

»Los ... gib's mir richtig!«

Kapitel 20

Mara

»DAS IST SO FALSCH!«, stieß ich wütend aus, auch wenn ich befürchtete, dass meine Einwände so wirkungslos verpufften, als würde ich versuchen, eine brennende Holzhütte mit einer Gießkanne zu löschen. »Ist das wirklich euer Ernst?!«

Meine drei Freunde beachteten mich kaum, so sehr waren Brian und Patrick auf den Bildschirm ihres Notebooks konzentriert, während Sullivan als Operator fungierte, wie er sich schimpfte, und mit dem Joystick die verfluchte Drohne steuerte. Über dem Gesicht trug er eine klobige virtuelle Brille, so dass er die Videoaufnahmen in Echtzeit sehen konnte, als würde er selbst durch die Luft schweben.

Ich schüttelte den Kopf, ohne dass es irgendwen interessierte. Wir standen draußen unweit der Fabrikhalle und hatten endlos darauf gewartet, dass etwas passierte.

Brian hatte dabei die Rolle des Spähers übernommen und beobachtete Tyran und seine Kumpels, um uns Bescheid zu geben, sobald sich die Lage veränderte. Wohlweislich in ausreichender Entfernung, so dass sie ihn unter all den Partygästen nicht so schnell wiedererkannten. Was kein echtes Problem darstellte, da sie sowieso nur auf sich selbst fokussiert waren.

Einzelne Schneeflocken rieselten vom dunklen Nachthimmel herab, aber leider nicht genug, um die Aktion zu sabotieren oder besser noch, sie gleich ganz zu beenden.

Angewidert warf ich einen Blick auf den Bildschirm des Notebooks, den Brian und Patrick so fasziniert anstarrten, als wären sie Priester, denen soeben ein fünftes, bis dahin unbekanntes Evangelium offenbart wurde. Was gewissermaßen zutraf, denn ziemlich sicher waren alle drei Jungfrauen. Was mir vollkommen schnuppe war, schließlich war ich selbst noch eine. Und ich hatte es nicht eilig, diesen Status so bald zu verändern. *Mit wem auch?*

»Ihr benehmt euch wie notgeile Voyeure, die in der Mädchentoilette versteckte Kameras installieren, um pinkelnden Frauen unter den Rock zu spähen!«, schimpfte ich und diesmal sah sich Brian genötigt, ihr Vorgehen zu verteidigen.

»Wir haben den Plan vorher in aller Ausführlichkeit besprochen!«, rechtfertigte er sich und zumindest diesbezüglich musste ich ihm recht geben. Nur hatte ich mir damals nicht ansatzweise vorstellen können, dass es wirklich klappen könnte! Natürlich war es nicht völlig ausgeschlossen, dass Tyran und Bonny auf der Undergroundparty zu irgendeinem Zeitpunkt Sex hatten, aber dass es meinen Freunden auf Anhieb gelingen würde, diesen einen Moment abzupassen und mit der Drohne aufzunehmen, hätte ich nie gedacht!

Und das war nicht einmal das Schlimmste! Schrecklicher war, was sie mit dem Material vorhatten!

»Ihr wisst selbst, wie krank das ist?!«, wandte ich ein, in der vergeblichen Hoffnung, sie von der moralischen Verwerflichkeit ihrer Aktion zu überzeugen. Genauso gut hätte ich versuchen können, einen Sexsüchtigen zu überreden, sich in einer Topless-Bar die Augen zu verdecken.

»Wir verteidigen uns nur!«, meinte Brian und strich sich die braunen Haare zurück, eine Geste, die er bevorzugt zeigte, wenn er nervös war. Fehlte nur noch, dass einer von ihnen Popcorn hervorholte und sie es sich vor dem Bildschirm gemütlich machten, als würden sie im Kino den neuesten Schmuddelstreifen mit dem Rugbykapitän und der Schulqueen des *Ballinode Community College* in den Hauptrollen genießen. »Sie haben angefangen und jetzt bezahlen sie die Rechnung dafür! Du hast selbst gesagt, dass sie wahrscheinlich nie aufhören werden, uns zu terrorisieren. Damit haben wir ein Druckmittel in der Hinterhand, das wir in ganzer Länge uploaden können, wenn ihnen die kürzere Preview-Version als Warnung nicht ausreicht. So wie auf diesen Pornoseiten, wo es nur kleine Vorschauschnipsel zu sehen gibt und man für die Uncutfassung extra zahlen muss.«

»Damit scheinst du dich ja bestens auszukennen!«, schnaubte ich empört, um meinem Ärger Ausdruck zu verleihen.

»Habe ich irgendwo gelesen ...«, verteidigte er sich mehr schlecht als recht und die Röte, die ihm in die Wangen schoss, stammte definitiv nicht von der Winterkälte.

Ich warf einen Blick auf den Bildschirm, auf dem Bonny zu sehen war, die sich nach vorn gebeugt an einer Mauer abstützte, während Tyran hinter ihr stand und sie rhythmisch schubste, als wollte er mit ihrer Hilfe die Wand zum Einsturz bringen. Sein Gesicht war in den Nacken gelegt und zu einer triebhaften Fratze verzerrt, die trotz der pixeligen Qualität gut zu erkennen war. Anscheinend schienen weder er noch seine Angebetete die Drohne zu bemerken, die weit über ihnen schwebte und ihre Bilder an die Jungs sandte.

Doch das war nicht einmal das Schlimmste an ihrem Plan ...

»Das ist nicht nur ein schwerer Fehler ...«, versuchte ich es zum letzten Mal, »das ist einfach FALSCH! Selbst wenn sie vielleicht mit dem Mobbing angefangen haben, ist das hier um keinen Deut besser. Im Gegenteil, es ist mindestens genauso schlimm, wenn nicht sogar noch schlimmer!«

»Du musst ja nicht mitmachen!«, schmetterte Brian meine Einwände ab und bemerkte dabei gar nicht, wie sehr er mich mit dieser Aussage verletzte. Bislang hatten wir alle Entscheidungen im UFO-Club oder in unserer Freizeit zusammen und einstimmig getroffen, selbst wenn wir zuvor leidenschaftlich darüber diskutiert und freundschaftlich gestritten hatten. Doch diesmal kamen wir eindeutig nicht auf einen gemeinsamen Nenner, genauso wie sich manche Rechenaufgaben nicht lösen ließen. Wenn man vier durch drei teilte, erhielt man hinter dem Komma eine unendliche Dezimalzahl, die niemals endete. Ein periodischer Dezimalbruch, der keine endgültige Lösung kannte.

Aber er hatte recht. Wenn ich sie schon nicht daran

hindern konnte, ihren fiesen Plan auszuführen, musste ich deshalb noch lange nicht dabei mitwirken. Im Gegenteil. Vielleicht war es geradezu meine Pflicht, den Einwänden Taten folgen zu lassen, um ihnen auf diese Weise eindrücklich zu zeigen, wie falsch sie lagen.

»Also gut, ich bin dann weg!«, schimpfte ich und für einen Moment wirkten sie wirklich überrascht, als hätten sie diese Reaktion nicht erwartet. »Geilt euch doch meinetwegen weiter an eurer Spannerei auf! Aber ich empfehle euch wärmstens, wenigstens auf den zweiten Teil eures bescheuerten Plans zu verzichten. Ich garantiere euch, sonst eskaliert das Ganze komplett!«

Sie wollten sich bereits verteidigen und all die schwachsinnigen Argumente vorbringen, die ich schon endlos gehört hatte. *Wer den ersten Stein wirft, wie man in den Wald hineinruft, und, und, und.*

Ich ließ sie gar nicht erst ausreden, sondern machte auf dem Absatz kehrt und marschierte in Richtung Fabrikhalle zurück. Es war Mitternacht und der Schneefall nahm an Stärke zu. Vielleicht sollte ich aufbrechen und nach Hause zurückkehren. Ich konnte mir nicht vorstellen, dass sich meine Stimmung noch heben würde.

Als ich am Eingang zur ehemaligen Schlachthalle vorbeilief, registrierte ich, dass die Musik im Inneren aufgehört hatte zu spielen. Einige Jungs und Mädchen standen draußen, rauchten, tranken und unterhielten sich, als plötzlich ein Jugendlicher herausgerannt kam und den anderen aufgeregt zurief: »KOMMT REIN! DAS MÜSST IHR EUCH ANSEHEN! IHR WERDET ES NICHT GLAUBEN!«

Schon verschwand er wieder im Inneren und seine

Aufregung reichte, damit ihm die anderen neugierig folgten. Ich verdrehte die Augen und haute mir mit der flachen Hand vor die Stirn. *Sie hatten also wirklich den zweiten Teil ihres Plans in die Tat umgesetzt!*

Eigentlich wollte ich nun erst recht so schnell wie möglich von hier weg, doch ich konnte nicht anders, als mir die Katastrophe mit eigenen Augen anzusehen. Auf dem Weg hinein hörte ich das aufgeregte Murmeln und Gelächter der Jugendlichen, die aufgehört hatten zu tanzen und alle gebannt auf die Beamerübertragung starrten, die an eine Fliesenwand projiziert wurde.

Im Vorbeigehen entdeckte ich meine Spindnachbarin Aeryn, die offensichtlich auch hier war und neben dem rothaarigen Niven stand. Wie alle anderen schauten sie der Videoübertragung zu, die nicht länger kopulierende Tiere zeigte.

Wobei die Szene große Ähnlichkeit und einige Parallelen dazu aufwies.

Tyran und Bonny rammelten wie zwei geile Karnickel.

Unwissende Stars dieser Show …

Kapitel 21

Tyran

Das war wirklich etwas Besonderes«, stellte ich ausgepumpt, aber zufrieden fest, als wir uns auf dem Rückweg zur *Meat Hall* befanden. Bonny hatte sich bei mir eingehakt und ich hatte ihr meine Jacke zum Schutz gegen die Kälte übergestreift. Nachdem ich mich physisch gerade so verausgabt hatte, als hätte ich ein Powertraining im Fitnessstudio hinter mir, glühte mein Körper vor Hitze und ich brauchte sie nicht.

»Willst du mir damit sagen, dass es sonst nichts Besonderes ist?«, lachte sie und zog herausfordernd die fein geschwungene Augenbraue hoch. »Ich glaube, ich muss dich eine Zeitlang auf Entzug setzen, damit es für dich nicht zu normal wird …«

»Nein, auf keinen Fall!«, versicherte ich ihr schnell und drückte ihr einen Kuss auf die Wange. »Der Sex mit dir ist immer ein Kracher und glaube mir, ich weiß, wovon ich rede.«

Sie blickte mich von der Seite an und warnte mich halb im Scherz, halb ernstgemeint: »Komm‘ ja nicht auf irgendwelche dummen Gedanken! Sollte ich dich je mit einer anderen Bitch erwischen, kratze ich zuerst ihr die Augen aus und reiße dir danach deine Eier ab!«

Schnell schüttelte ich den Kopf und versuchte, ihre aufwallende Eifersucht im Keim zu ersticken. »Glaube mir, es gibt keine andere außer dich und ich wüsste auch niemanden, der annähernd so *hot* ist wie du! Verglichen mit meinen Exfreundinnen weiß ich schließlich, wovon ich rede. Ich meinte nur, dass Sex im Freien etwas ganz Besonderes ist! So unter dem freien Himmel, ich weiß auch nicht, fühlt sich irgendwie anders an, als wenn wir es bei mir zuhause oder in der Schule treiben.«

Sie wirkte einigermaßen besänftigt und ich wollte ihr schon mit weiteren Komplimenten versichern, dass außer ihr niemand in meinem Herzen Platz hätte, als Glen aus der *Meat Hall* auf uns zugerannt kam.

Er war nicht nur einer meiner besten Kumpels und zugleich Props-Spieler bei den *Sligo Shamrocks*, sondern normalerweise auch nie um Worte verlegen. Nun aber wirkte er, als hätte er vergessen, wie man zusammenhängende Sätze bildet.

»Da seid ihr ja ... *verdammt* ... wir haben euch schon gesucht ...«, stammelte er, wobei er es kaum schaffte, mir gerade in die Augen zu schauen. *Was zum Henker?!*

Nun tauchten auch meine anderen Kumpels und Bonnys Freundinnen auf und schienen uns dringend etwas mitteilen zu wollen, ohne dass einer von ihnen den Mut fand, mit der Sprache rauszurücken.

Schließlich hielt ich es nicht länger aus und schnauzte: »Würde mir bitte mal einer von euch Schwachmaten verraten, was hier gerade los ist?!« Ich blickte zu Bonny, doch die wirkte mindestens genauso irritiert, wie ich mich fühlte.

»Vielleicht solltet ihr euch das besser selbst ansehen …«, schlug Kiana vor und ich nickte, woraufhin sich unser Tross zum Eingang der *Meat Hall* bewegte, mit uns in der Mitte, als müssten sie uns beschützen, vor dem, was nun folgen würde.

»Ist die Party etwa schon vorbei?«, fragte ich, als mir auffiel, dass die Musik verstummt war. »Nicht ein bisschen früh dafür?«

Erneut keine Antwort und allmählich ging mir diese Geheimniskrämerei spürbar auf die Nerven. Es war ja nicht so, dass Bonny oder ich heute Geburtstag hatten und uns eine Überraschungsparty erwartete.

Dann betraten wir die Haupthalle und das Erste, das mir auffiel, waren die Blicke meiner Mitschüler und der Jugendlichen aus Sligo, die fast allesamt auf uns ruhten, als hätten wir irgendeinen Preis gewonnen. Einige kicherten hinter vorgehaltener Hand und ich wollte schon loswettern, was dieses ganze Theaterspiel zu bedeuten hätte, als mich Bonny am Arm zupfte.

Sie wirkte völlig versteinert, als ich sie anblickte, und zuerst verstand ich nur Bahnhof, bis sie meine Aufmerksamkeit auf die Filmaufnahme lenkte, die auf einer Fliesenwand lief. Ich konnte mich daran erinnern, dass sie zuvor fickende Tiere gezeigt hatte, was ich ziemlich witzig fand, doch nun verging mir der Spaß.

Das waren … *Bonny und ich …*

Ich schluckte. Das Sexvideo zeigte eindeutig meine Freundin und mich, wie wir draußen vögelten. Es war eine herangezoomte Luftaufnahme, als ob jemand mit einem Kamerakran die ganze Szene aus der Vogelperspektive aufgenommen hätte. Oder mit einer Drohne, was, je länger ich darüber nachdachte, wahrscheinlich mehr Sinn ergab.

Mein Blick wechselte zwischen der Videoaufnahme und Bonny hin und her, in deren Augenwinkel eine Träne schimmerte, die sie rasch wegwischte, als wäre sie nie dagewesen.

Einige Mitschüler hatten ihre Smartphones gezückt und nahmen wahlweise das Video auf der Fliesenwand oder unsere Reaktion darauf auf.

Verdammte sensationsgeile Hyänen ... Sobald sie Blut witterten, das nicht ihr eigenes war, kamen sie in Scharen zusammen. Parasiten, die sich am Tratsch und Klatsch über andere labten.

Doch wer in aller Welt war dafür verantwortlich?!

Langsam wichen meine anfängliche Verblüffung und Fassungslosigkeit grenzenloser Wut. Zielsicher marschierte ich in Richtung des Beamers los, wie ein zerstörerischer Hurrikan auf dem Weg zum ersten Haus, das er verwüsten wollte, dicht gefolgt von meinen Kumpels. Obwohl sie nicht selbst betroffen waren, bildeten wir ein Team. Nicht nur auf dem Spielfeld beim Rugby, sondern auch abseits davon, wenn einer von uns angegriffen wurde. Eine Front, die alles zermalmte, das sich ihr in den Weg stellte.

Die Jugendlichen auf der Tanzfläche, die zwischen mir und dem verfluchten Beamer standen, suchten allesamt schleunigst das Weite. Sie formten eine natürliche Gasse, als wäre ich dieser gottesfürchtige Moses und würde allein mit meiner puren Präsenz das Meer in zwei Hälften teilen.

Wütend schnappte ich mir den Beamer und schmetterte ihn mit voller Wucht auf den Boden. Anscheinend wollte er mir beweisen, dass er keine Billigware *Made in China* war und einen Sturz durchaus aushalten konnte, aber er hatte nicht mit meinem klobigen Arbeitsstiefeln gerechnet, mit denen ich wiederholt und mit ganzer Kraft auf ihn eintrat. Die schwarzen Schuhe waren nicht nur äußerst angesagt, sondern besaßen zudem eine massive Sohle und Stiefelkappe, mit der man vermutlich sogar einen Nagel problemlos in die Wand hämmern könnte.

Irgendwo in meiner Nähe nahm ich meine Kumpels und unsere Mädels wahr, die zusammen einen Kreis um mich herum bildeten, als müssten sie mich schützen, damit niemand versuchte, mich von der Zerstörung des Scheißgerätes abzuhalten. Doch keiner war so lebensmüde.

Schnaufend hielt ich inne, als der Beamer nur noch aus verbogenen und zerstörten Einzelteilen bestand, die selbst der talentierteste Techniker nicht wieder reparieren könnte.

Für den Anfang war das okay, aber meine Wut war längst noch nicht verraucht. *Nicht ansatzweise.* Ich fühlte mich wie ein Stier, den man für einen Monat in einen rotgestrichenen Stall gesperrt hatte und der jetzt freigelassen wurde.

Mit geballten Fäusten schaute ich mich um und keiner wagte es, meinen Blick auch nur eine Sekunde zu erwidern. Wie ein Laserstrahl, der jeden erblinden ließ, der zu lange in ihn hineinblickte.

Dann plötzlich entdeckte ich sie.

Die drei Nerds, die wir letztens beim *Crispy Chicken* Diner aufmischen wollten, als dieser rothaarige Möchtegern

Rocker aufgetaucht war und sein Messer gezückt hatte. Der vorderste von ihnen blickte hämisch aus der Wäsche und schien sich diebisch zu freuen, als hätte er soeben einen weiteren Test in der Schule mit einer A1 abgeschlossen. Plötzlich wurde sein Blick ängstlicher, als würde er sich erwischt fühlen. Prompt drehte er sich zu seinen beiden Kumpels um und sagte etwas zu ihnen, woraufhin sie alle drei schleunigst Richtung Hinterausgang strebten.

Auch fiel mir auf, dass sie allesamt Rucksäcke auf den Rücken trugen, als würden sie keine verbotene Untergrundparty besuchen, sondern sich auf irgendeiner beschissenen Expedition befinden.

Auf einmal fügte sich ein Puzzleteil ins andere und ich war mir todsicher, was wir in ihren Rucksäcken finden würden. Zähneknirschend drehte ich mich zu meinen Freunden um, dann zeigte ich auf die davonlaufenden Nerds.

»DA HINTEN SIND SIE!«, flippte ich aus und rannte los. »SCHNAPPT SIE EUCH!«

Ich stieß jeden brutal zur Seite, der nicht schnell genug auswich, gefolgt von meinen Kumpeln, die keine Sekunde zögerten, die Verfolgung aufzunehmen. Sie glichen Bluthunden, die bei einer Fuchsjagd in England eingesetzt wurden und erst aufgaben, wenn sie ihre Beute zwischen den Fängen hielten.

In diesem Moment war mir das Video vollkommen egal.

Ich wollte nur Rache!

Kapitel 22

Tyran

Ihr seid so was von tot!«, zischte ich und schlug dem dicklichen Nerd mit der Sturmfrisur und den Sommersprossen mit voller Wucht in den Magen. Er japste auf und Tränen schossen ihm in die Augen, aber wenn er glaubte, dass dies schon Schmerzen waren, hatte er nicht den blassesten Schimmer, was ihn noch erwartete.

»Haltet sie gut fest!«, befahl ich meinen Kumpeln, die alle drei Nerds an den Armen festhielten, so dass sie nicht weglaufen konnten. Zwar hatten sie es geschafft, die *Meat Hall* vor uns zu verlassen, waren aber nicht weit gekommen. *Wie denn auch?!* Wir trainierten Sprints regelmäßig für unser Training und waren mindestens doppelt so schnell wie sie, die jegliche Form sportlicher Betätigung höchstens virtuell an ihren Computern trieben. »Los, gebt mir ihre Rucksäcke!«

Glen riss sie ihnen vom Rücken und einer der drei,

ein dürrer Spargeltarzan mit schwarzem Pottschnitt, protestierte lautstark und faselte irgendeinen Schwachsinn von persönlichem Eigentum und der Verletzung von Besitzrechten. Hätten ihn meine Kumpel nicht gestützt und umklammert, wäre er durch den Boxhieb vermutlich wie ein Schweizer Taschenmesser zusammengeklappt.

Unwirsch riss ich ihre Rucksäcke auf und förderte aus dem Ersten ein Notebook heraus, das ich auf den Boden schleuderte, bevor ich mich der zweiten Tasche widmete. Allerlei fettiges und süßes Junkfood landete im Schneematsch, als ich sie auskippte. Chips, Schokolade und Softdrinks. *Ernsthaft jetzt?!* Im letzten Rucksack dann der Volltreffer. Eine kleine schwarze Drohne zusammen mit einer Fernsteuerung und einer virtuellen Brille, wie sie manche Gamer für ihre Videospiele aufsetzen.

»Hab ich's doch gewusst!«, triumphierte ich, denn spätestens jetzt waren die letzten Zweifel verflogen. Zumal die drei schuldbewusst meinem Blick auswichen, als wüssten sie genau, dass jegliches Leugnen ihre Lage nur weiter verschlimmerte.

»Ihr verfickten Spanner! Nur weil ihr keine Mädchen abbekommt, müsst ihr andere Paare bespannen, die echten Sex haben?!«, fauchte Bonny, die direkt neben mir stand und vor Zorn glühte. Ihre Augen blitzten und schickten Dolche auf die Reise. Für einen Moment fiel mir auf, wie sexy sie so wütend wirkte, aber dann übernahm meine eigene Wut wieder die Vorherrschaft. »Und was sollte diese Videoshow? Hat es euch nicht gereicht, nur euch selbst aufzugeilen?!«

»Ihr habt doch angefangen!«, brüllte auf einmal der Dickbäuchige und reckte trotzig sein Kinn hervor.

Anscheinend steckte mehr Kampfgeist in ihm, als sein Äußeres auf den ersten Blick vermuten ließ. »Hättet ihr uns damals im *Crispy Chicken* Diner nicht zur Sau gemacht, hätten wir das nie getan! Irgendwie mussten wir uns doch wehren!«

Schneeflocken rieselten vom nächtlichen Himmel herab und zwischen den dunklen Wolken funkelten vereinzelte Sterne. Wie leuchtende Beobachter, die sich über die merkwürdigen Probleme dieser winzigen Menschlein wunderten.

Trotz der Kälte waren uns viele Jugendliche nach draußen gefolgt, da sich keiner den Abschluss des heutigen Spektakels entgehen lassen wollte. Sie standen in einigem Abstand, um nicht Gefahr zu laufen, ins Querfeuer zu geraten, aber nah genug, um ja nichts zu verpassen. Sensationslüsterne Arschlöcher, die ich am liebsten auch alle vermöbeln würde. *Nachdem ich diesen drei Spinnern und Möchtegernhelden die Abreibung ihres Lebens verpasst hatte!*

Doch zuerst sollten ihre Spielzeuge dran glauben. »Los, helft mir!«, forderte ich meine Kumpels auf und begann, auf die Drohne einzutreten. Ihre Rotorblätter brachen krachend und die anderen Jungs halfen mir, Notebook, Essen und die fliegende Kamera in ihre Einzelteile zu zerlegen.

»NEIN!«, schrie Pottschnitt entsetzt und jaulte, als wäre das Technikzeug ein Teil seines Körpers, den wir ihm gewaltsam amputieren würden. »DAS WAR SAUTEUER!«

Vermutlich meinte er nicht das Junkfood, aber das war mir egal. Das hätten sie sich vorher überlegen müssen.

Entschlossen stapfte ich auf die Nerds zu und bliebt direkt vor dem Dicken stehen. Er erwiderte nur kurz meinen Blick, bevor er unterwürfig sein Gesicht zu Boden senkte.

»LOS!«, gab ich den Startschuss, untermalt mit einem Schlag in den Bauch. Er jaulte auf und seine Freunde stimmten mit ein, da sie von meinem Team ebenso Keile bezogen. Wie besessen prügelte ich auf sie ein und hörte auch nicht auf, als dem Ersten Blut aus der Nase schoss. Wenn ich mit ihnen fertig war, würden sie froh sein, falls sie noch selbstständig nach Hause gehen konnten.

»HÖRT GEFÄLLIGST AUF!«, schrie in diesem Moment jemand und irritiert drehte ich mich um. Ungläubig starrte ich in das Gesicht dieser pinkhaarigen Skaterin, deren Namen mir auf Anhieb nicht einfiel, die aber bei der Aktion im *Crispy Chicken* Diner dabei gewesen war. Daneben stand allen Ernstes dieser rothaarige Niven, nur ohne Messer in der Hand.

Was nicht hieß, dass er es nicht bei sich trug. Doch diesmal würde er mich damit nicht verjagen, zumal ich meinen Kumpeln eingeimpft hatte, dass wir uns beim nächsten Mal nicht davon abschrecken lassen würden. Wir waren eindeutig in der Überzahl und er konnte uns unmöglich allesamt abstechen. Auch hegte ich Zweifel, dass er es überhaupt einsetzen würde.

»Was für eine Überraschung! *IHR?!*«, frohlockte ich und wandte mich ihnen zu. Das war ja fast so, als wenn ein Rudel Löwen drei Warzenschweine erlegt hatte, nur damit im nächsten Augenblick zwei Antilopen dazukamen, um sich als zusätzliche Opfer anzubieten. Vollkommen bescheuert, aber mir sollte es recht sein. Ich schaute zu

Bonny, die ähnlich überrascht, aber nicht weniger begeistert wirkte.

»SCHNAPPT SIE EUCH!«, rief ich meinen Kumpeln zu und sie ließen die drei Nerds los, um sich den Neuankömmlingen zu widmen. Was kein Problem darstellte, denn das Trio der Schlaumeier kippte zu Boden wie Bäume, deren Stämme gefällt worden waren.

Anders als die Nerds wehrten sich das pinke Mädchen und ihr roter Freund vehementer und ihm gelang es sogar, einem meiner Jungs frontal eine zu verpassen, so dass dieser zu Boden fiel. *Was ihn aber auch nicht rettete.*

Wenig später hielten sie die beiden fest und während ich mich dem Rotschopf näherte, stolzierte Bonny auf die pinkhaarige Mitschülerin mit ihrem farbverschmierten Hoodie zu. Für meine Freundin und mich jeweils ein Opfer, an dem wir unsere Wut auslassen konnten, gerechter ging es wohl kaum.

Niven starrte mich wütend an. »Lasst gefälligst Aeryn in Ruhe, sie hat euch schließlich gar nichts getan!«

Aeryn, richtig, jetzt erinnerte ich mich wieder an den Namen unserer Mitschülerin. Obwohl er letztlich keine Rolle spielte. Zwar sah ihr Gesicht nicht hässlich aus, sofern man sich die farbigen Haare und die abgeranzten Klamotten wegdachte, aber schon bald würde ihr Antlitz sehr viel weniger attraktiv sein.

»Schau mal einer an, ein richtiger Edelmann?! Wir sollen sie also in Ruhe lassen?«, lachte ich und schüttelte ungläubig den Kopf. »Wohl kaum! Mitgehangen, mitgefangen!«

Dann verpasste ich ihm ansatzlos einen Tiefschlag in den Magen und er wäre fraglos umgekippt, hätten ihn nicht meine Kumpels kichernd festgehalten, so wie sie mir zuvor bei diesen drei Versagern geholfen hatten.

Ich wollte schon weitermachen, als im selben Augenblick hinter uns mehrere Autos auf den Fabrikhof schossen und eine Vollbremsung im Schneematsch einlegten. Auf den Dächern leuchteten blaurote Signallichter und verrieten sie eindeutig als Einsatzwagen der Polizei.

Spätestens jetzt war die verbotene Undergroundparty vorbei.

Fast alle Jugendlichen preschten in sämtliche Richtungen davon, wie ein Laubhaufen, in den eine Windböe fuhr. Sogar ein paar meiner Kumpels und Bonnys Freundinnen dachten gar nicht daran, uns weiterhin Gesellschaft zu leisten, und rannten los, so schnell sie ihre Beine trugen. Ich versuchte es gar nicht erst.

Ein paar Polizisten liefen zu den Nerds und uns, um sicherzustellen, dass wir nicht auch abhauten.

»*Sohn?!*«, erklang hinter mir eine frostige Stimme, die eisiger als der kalte Nachtwind klang. Seufzend drehte ich mich um und schaute ins kantige Gesicht meines Vaters. Er musterte mich gefühllos und ich sah ihm an, wie wenig es ihm gefiel, mich hier anzutreffen. Nicht weil es ihm etwas ausmachte, was mit mir passierte, sondern wie es ihn vor seinen Kollegen in ein schlechtes Licht rückte.

Kurz fragte ich mich, wer von den anderen Jugendlichen so feige gewesen war und die Polizei alarmiert hatte? Nicht weit entfernt von den lädierten Nerds entdeckte ich ihre dunkelhäutige Freundin mit der riesengroßen Brille. Vielleicht hatte sie die Gardaí gerufen, immerhin hatte ich sie vorher nicht gesehen, aber am Ende spielte es keine Rolle.

»Einsteigen!«, forderte mich Dad auf und wies mit einem Kopfnicken auf seinen Wagen. Er zeigte auf die Rückbank, wo sonst eingefangene und abgeführte Straftäter hockten.

Ich warf Bonny einen letzten Blick zu, die zu einem der anderen Autos gebracht wurde. Dabei gab ich mich keinen Illusionen hin.

Die Nerds mochten ein paar heftige Schläge und Tritte abgekommen haben.

Aber das war nichts im Vergleich zu dem, was mir zuhause blühte.

Wenn Dad mit mir allein war ...

Kapitel 23

Bonny

Montagmorgen, das neue Jahr war gerade erst zwei Wochen alt, und ich watete knietief in der Scheiße. Über mir schwebte wie in so einer verfluchten griechischen Tragödie ein riesiges Damoklesschwert und wartete nur darauf, herunterzufallen und mich aufzuspießen.

Während Mr Burke vorn am Lehrerpult lehnte und versuchte, trotz seines Alters wie ein möglichst hipper Englischlehrer zu wirken und uns die Modernität klassischer Texte näherzubringen, hing ich meinen eigenen Sorgen nach. Das zurückliegende Wochenende war großartig gestartet, nur um dann wie eine Lawine in den Abgrund zu rasen und alles auf ihrem Weg unter sich zu begraben.

Die Krönung war zweifellos der Abtransport in einer Polizeilimousine und das anschließende stundenlange Warten auf der Station, bis Mum kam, um mich abzuholen. Immerhin hatte ich das Glück, dass zu diesem Zeitpunkt all meine Mitschüler bereits von ihren Eltern nach Hause gebracht worden waren. So brauchte ich wenigstens nicht zu befürchten, jemand von ihnen könnte wegen Mums schlichter gewöhnlicher Kleidung darauf schließen, dass die Geschichte mit meiner wohlhabenden Herkunft erstunken und erlogen war.

Zuhause hatte ich mir erstmals seit langem von Mum eine gehörige Standpauke anhören müssen, was zum letzten Mal passiert war, als ich mich als Kind eines Tages auf den Weg machte, um Dad zu suchen. Doch verglichen mit einigen meiner Mitschülern war ich wohl noch relativ glimpflich davongekommen.

Tyran zierte ein deftiges Veilchen und eine geschwollene Lippe, die er sich definitiv erst nach der komplett aus dem Ruder gelaufenen Partynacht zugezogen haben musste. Ich brauchte kein Sherlock Holmes zu sein, um eins und eins zusammenzuzählen. Anscheinend herrschte in der Familie Hunt das Prinzip wie der Vater so der Sohn. Nicht nur Tyran vermochte Schläge auszuteilen, sondern ebenso sein Dad. Aber was sollte er machen? Zur Polizei gehen und sich beschweren? Dann konnte er sich gleich bei seinem Dad ausheulen, der schließlich Sergeant auf der Polizeiwache war.

Vor der Schule hatte ich Tyran angesprochen, doch er reagierte nur mürrisch und einsilbig und so ließ ich ihn Ruhe. Natürlich entgingen mir das Getuschel und die verstohlenen Blicke auf dem Schulhof und es gab keine Zweifel, dass die zurückliegende Samstagnacht Gesprächsthema Nummer eins war. Fraglos waren schon so manche Mitschnitte unserer expliziten Darbietung im Schnee im Netz gelandet, doch ich verzichtete darauf, danach zu suchen.

Die Nerds wirkten ähnlich lädiert wie mein Freund und sahen aus, als hätten sie versucht, mit einem tollwütigen Känguru zu kuscheln. Mehrere Pflaster und sogar Verbände verdeckten nur einen Teil der Blessuren und es würde längere Zeit brauchen, bis sie wieder einigermaßen normal aussahen.

Aeryn hingegen, die pinkhaarige Skaterin, die offenbar mit diesem Niven unter einer Decke steckte, war vergleichsweise ungeschoren davongekommen und wies keine äußeren Verletzungen auf. Sie schien relativ unbeschadet zu sein, was mich ärgerte, auch wenn ich versuchte, mir den Frust nicht anmerken zu lassen.

Und ihr rothaariger Lover? Der war wie gewohnt erst gar nicht aufgetaucht. Besser so. Hoffentlich sah ich ihn nie wieder.

Zwei Stunden später im Musikunterricht war es dann so weit. Die Tür öffnete sich und die Schulsekretärin kam herein, um die Lehrerin zu bitten, dass sie Tryan, mich, Aeryn und Bonny entschuldigen sollte, da wir sie zum Direktor begleiten sollten.

Verständlicherweise war keiner von uns sonderlich erfreut, aber was blieb uns anderes übrig, als der Aufforderung Folge zu leisten und ihr stumm in einer Reihe hinterherzutrotten. In diesem Moment beneidete ich Niven, der sich diese zu erwartende Standpauke durch sein Schwänzen ersparte.

Wenig später standen wir wie vier Zinnsoldaten aufgereiht im Zimmer des Direktors, der hinter seinem breiten und penibel aufgeräumten Schreibtisch hockte und uns einen nach dem anderen kritisch musterte.

Mr Costello wirkte alt genug, um theoretisch mein Großvater sein zu können, und trug sogar zu seinem antiquierten erdfarbenen Anzug eine gelbliche Krawatte, auch wenn er nur selten und ungern sein Büro verließ. Obwohl er am *Ballinode Community College* knapp vierhundert Schüler unter seinen Fittichen betreute, schien er für Kinder und Jugendliche nicht allzu viel übrig zu haben.

Sein Gesicht war schmal und eingefallen und die Wangen hingen tiefer als sein Kinn, was ihm unter den Schülern den Spitznamen Bulldogge eingebracht hatte. Über dem schmallippigen Mund verlief ein dünner armseliger Schnurrbart und die schütteren Haare auf dem Kopf trug er sorgsam gescheitelt. Die winzigen Äuglein hinter seiner runden Brille beäugten uns missgelaunt, als würde er es als persönlichen Angriff empfinden, dass wir seine Zeit in Anspruch nahmen.

»*Rechtmäßigkeit, Gemeinschaft und Anstand!*«, begann er und ich spürte, wie sich das Damoklesschwert immer tiefer senkte. Konnte er nicht einfach sagen, welche Strafe er sich für uns ausgedacht hatte? Mussten wir vorher wirklich noch einen Vortrag über uns ergehen lassen?

»Dies sind die drei Säulen der Moral an unserer Schule und nur wenn sich jeder bemüht, diese Prinzipien so gut wie möglich zu befolgen, erblüht daraus eine funktionierende Gemeinschaft, in der ein jeder sein Potential voll und ganz entfalten kann. Leider, so habe ich mit Schrecken hören müssen, gab es am Wochenende eklatante Verstöße gleich gegen alle drei Grundsätze!«

Er ließ den Blick zwischen uns schweifen und am liebsten hätte ich ihm an den Kopf geworfen, dass er endlich auf den Punkt kommen sollte. Doch das hätte seine Laune und meine Lage sicher nicht verbessert und so schwieg ich. Er glich ein bisschen einem aufgeblasenen Kugelfisch voller Stacheln, aus dem allmählich die Luft entwich.

»Zuallererst wurde auf einem Privatgelände eingebrochen, um eine nicht autorisierte und unerlaubte Veranstaltung abzuhalten, auf der es, den Polizeiberichten nach, gleich zu mehreren rechtlichen Verstößen kam. Dem illegalen Verkauf und Ausschank von Alkoholika, der Zerstörung von privatem Eigentum, der Anwendung physischer Gewalt, nur um einige davon zu nennen …«

Er trommelte mit den Fingern auf dem Schreibtisch und schob eine Akte auf dem Tisch umher, als überlegte er, wie er uns am besten alle hochkant von der Schule schmeißen könnte. Insofern war es gut, dass auch diese verfluchte Mara anwesend war, da er sie als Musterschülerin des *Ballinode Community College* kaum so einfach suspendieren würde.

»Ich brauche vermutlich nicht auszuführen, dass das Prinzip einer funktionierenden Gemeinschaft dabei aufs Gröbste verletzt wurde. Gar nicht zu reden davon, dass es offensichtlich auf diesem Treffen zu … sexuellen Handlungen gekommen ist, die sicher nicht im Sinne eurer Eltern sind. Wie dem auch sei …«

Er nahm einen Stift und pochte mit dem Ende auf die Holzplatte. »Ihr fünf oder besser gesagt anwesenden vier seid nach Rücksprache mit verschiedenen Schülern als Gruppe der Hauptverantwortlichen identifiziert worden. Dabei spielen auch vorherige, bereits länger zurückliegende Vorfälle eine nicht unwesentliche Rolle und ich nehme an, die Betroffenen wissen selbst am besten, worauf ich mich hier beziehe.«

Die Streberin Mara wollte schon protestieren und sich aus der Nummer herauswinden, doch Mr Costello winkte nur ab. Offensichtlich wollte er weder Ausflüchte noch Entschuldigungen hören. »Keine Sorge, Ms Flynn, uns ist bewusst, dass auch noch andere Schüler in diese Vorfälle verstrickt waren und ich kann Ihnen garantieren, keiner davon wird seiner gerechten Strafe entgehen. Doch hier und heute werde ich mit euch fünf anfangen!«

Er lehnte sich im Sessel zurück und schob die Brille hoch. »Ich habe lange überlegt, wie ich euch am besten unsere Grundprinzipien beibringen kann und bin schließlich auf eine hervorragende Idee gekommen!«

Sein Lächeln wirkte so falsch wie ein Apfel in einer Schale voller Bananen. »Euch ist sicherlich bekannt, dass unsere Schule ein Segelschiff namens *Sligo Rover* zwecks der Erlernung der Segelgrundlagen besitzt, das ihr ja allesamt im Rahmen des Sportunterrichts schon kennenlernen durftet.« Er verschränkte die Hände zufrieden vor seinem Bauch. »Wie jedes Jahr im Januar wird die *Sligo Rover* einem Frühjahrsputz unterzogen, der normalerweise von einer Gruppe Freiwilligen vorgenommen wird.«

Er strahlte uns an, als würde er kostenlose Bonbons verteilen. »Und jetzt ratet mal, wer dieses Jahr diese Gruppe bildet?!« Er wartete keine Antwort auf seine rhetorische Frage ab und breitete die Arme aus. »Sie alle fünf werden das nächste Wochenende damit verbringen, die *Sligo Rover* in altem Glanz wiedererstrahlen zu lassen! Was könnte es für eine bessere Übung geben, um den Gemeinschaftssinn zu stärken?!«

Die fehlende Begeisterung stand zweifellos nicht nur mir ins Gesicht geschrieben und seufzend winkte er uns hinaus: »Und nun zurück zum Unterricht!«

Wir befanden uns schon auf dem Weg aus seinem Büro, als ihm noch ein Nachtrag einfiel, den er uns hinterherrief.

»Ach ja, ich würde euch bitten, dies auch eurem Mitschüler Mr Connor mitzuteilen! Denn wer zu dieser Gemeinschaftsaufgabe nicht auftaucht ...«

Er legte eine Kunstpause ein, bevor er die Katze aus dem Sack ließ.

»Darf sich eine andere Schule suchen!«

Kapitel 24

Aeryn

Der Januar neigte sich langsam dem Ende entgegen und es blieben nur noch zwei Tage bis zu diesem fürchterlichen Wochenende, das mich wie eine drohende Kieferbehandlung ohne Betäubungsmittel am Horizont erwartete.

Entsprechend mies war meine Stimmung.

Zumal die gemeinsame Strafarbeit, zu der uns Mr Costello verdonnert hatte, derzeit mein geringstes Problem war. Tante Honora wechselte nach wie vor kaum ein Wort mit mir, da sie der festen Überzeugung war, ich hätte ihr Wohnzimmer absichtlich verwüstet, als Akt der Rebellion gegen ihre Erziehungsmethoden. Da half es auch nichts, dass mein Drogentest bei der Polizei negativ ausgefallen war. In ihren Augen war das fast noch schlimmer, weil es ihrer Meinung nach bedeutete, dass ich unter voller Zurechnungsfähigkeit die Zerstörungsorgie begangen hatte.

Vielleicht war ich ja tatsächlich verrückt oder auf dem besten Weg dorthin?! Immer wieder spielte ich die Ereignisse jenes Abends in Gedanken durch, ohne jedoch zu einer befriedigenden Erklärung zu gelangen. Das Monster und das seltsame Fuchswesen konnten unmöglich real gewesen sein?! Was im Umkehrschluss hieß, dass ich sie mir nur eingebildet hatte und ganz allein für die Verwüstungen verantwortlich war. *Aber war das wirklich so?!*

Schließlich wandte ich die gleiche Taktik an, die ich schon damals beim Verschwinden meiner Eltern praktiziert hatte. Gnadenlose Verdrängung. Ich tat einfach so, als wäre nichts passiert. Ich lenkte mich, so gut es ging, ab und versuchte sogar, dem Unterricht zu folgen.

Soeben hatte der Gong das Ende des heutigen Schultages eingeläutet und der Donnerstagvormittag war geschafft. Ich hatte mir vorgenommen, einen Mitschüler zu besuchen. Denn wie hieß es so schön? *Wenn der Berg nicht zum Propheten kam, musste der Prophet eben zum Berg gehen.*

Niven war die ganze Woche nicht in der Schule aufgetaucht und da ich seine Nummer nicht besaß, konnte ich ihm auch keine Nachricht schicken. Ich hatte keine Ahnung, wie es ihm ging und ob er nach dem unfreiwilligen Besuch auf der Polizeiwache zuhause Ärger bekommen hatte? Aber wusste er überhaupt davon, dass er am Samstag auf der *Sligo Rover* zu unserer Strafarbeit auftauchen musste? Und was ihm blühte, wenn er es nicht tat?

Also hatte ich der Schulsekretärin das Problem geschildert und sie so lange angefleht, bis sie sich meiner erbarmte und mir seine Adresse verriet. Sie wollte nicht dafür verantwortlich sein, dass Niven im schlimmsten Fall von der Schule verwiesen wurde.

So hatte ich mich nach einer kurzen Stippvisite zuhause auf den Weg gemacht und folgte der Wegbeschreibung meines Smartphones. Niven wohnte offenbar in der *Green Road* im *Carns* Viertel, das sich südlich der Stadt erstreckte und in das ich mich normalerweise nicht verirrte. Der Bezirk grenzte direkt an *Ballymore Upper* und hier lagen die prächtigen Villen der besser betuchten Familien und Ehepaare, die alle große gepflegte und von Mauern umzäunte Gärten besaßen. *War ich hier wirklich richtig?*

Schließlich stand ich vor Hausnummer 5 und bezweifelte stark, dass mir die Sekretärin die korrekte Adresse herausgesucht hatte. Erst ein Blick auf das Namensschild neben der breiten Einfahrt mit dem geschwungenen Eisentor bestätigte mir, dass hier in der Tat Familie Connor wohnte. Verunsichert klingelte ich und kurz darauf ertönte eine Stimme in der Fernsprechanlage über der Klingel. »Ja, bitte?«

»*Ähm* ...«, begann ich verwirrt, »mein Name ist Aeryn und ich bin eine Mitschülerin von Niven. Ist er vielleicht zuhause?«

Ich rechnete fest damit, dass mir die Frauenstimme mitteilen würde, dass ich mich im Haus geirrt hatte, doch sie antwortete: »Kommen Sie bitte herein.«

Wie von Geisterhand schwang die Eisenpforte mit leisem Brummen auf, fast so wie die Höhle der vierzig Räuber, als Ali Baba vor dem Berg stand und die Zauberworte *Sesam öffne dich* sprach. Nervös folgte ich der Auffahrt Richtung Haus und schaute mich um. Obwohl die Rasenfläche, die Büsche und Hecken von einer weißen Schneehaube bedeckt waren, als hätte sie ein göttlicher Bäcker mit einer Zuckerkrone geschmückt, ließ sich erkennen, dass die Pflanzen sorgsam gepflegt und regelmäßig zugeschnitten wurden.

Plötzlich fühlte ich mich im farbverschmierten Hoodie, den fingerlosen Handschuhen und der weiten Cargohose, dazu mein vertrautes Skateboard in der Hand, seltsam fehl am Platz. Ich wünschte mir, ich hätte mir zuhause etwas anderes angezogen, das nicht ... ganz so alternativ wirkte. Doch dafür war es jetzt zu spät.

Dann erreichte ich das eingeschossige Haus. Es war so weiß wie der Schnee auf dem Dach, und besaß zwar nur ein Erdgeschoss, was jedoch so groß und verwinkelt war, dass unsere Wohnung locker dreimal hineingepasst hätte. Neben der Villa befand sich ein überdachter Carport, in dem ein deutscher Mercedes und ein britischer Bentley parkten. Beides Luxuskarossen, die nicht für den schmalen Geldbeutel geeignet waren.

Die zweiflügelige Eingangstür stand offen und eine schwarzgekleidete Dame mit weißer Schürze erwartete mich. Sie sah aus wie eine ... Angestellte? *Was zum Henker?!* Es wurde immer bizarrer.

»Ms Aeryn?«, begrüßte sie mich und bat mich herein. Während ich noch ungläubig das luxuriöse Foyer des Hauses bestaunte, marschierte sie schon los. »Wenn Sie mir bitte folgen würden.«

Ich lief an hohen Porzellanskulpturen und abstrakten Gemälden vorbei, bis sie vor einer Tür stehenblieb und anklopfte. »Herein ...«, erklang es von drin und lächelnd verabschiedete sie sich von mir.

Ich öffnete die Tür und trat ein. Niven lungerte auf einem ungemachten Bett, mit dem Rücken an die Wand gelehnt und in den Händen eine Gitarre. Er blickte mich erstaunt an. »Du?! Was in aller Welt tust du hier?«

»Ich kann auch wieder gehen, wenn dir das lieber ist?!«

»So meinte ich das nicht«, versicherte er mir rasch und legte das Instrument zur Seite. »Ich bin nur überrascht über deinen Besuch. Setz dich doch bitte ...«

Ich blickte mich um und wählte den Stuhl vor dem Schreibtisch. Alternativ wäre ein Sofa gegenüber vom Flachbildfernseher in Frage gekommen, aber die leeren Pizzaschachteln und Brandflecken schreckten mich ab.

Niven beobachtete mich stumm, während ich das Zimmer auf mich wirken ließ. Ich hätte viel erwartet, aber nicht unbedingt das. So aufgeräumt, stylisch und luxuriös die Teile des Hauses erschienen, die ich auf dem Weg zu seiner Höhle gesehen hatte, so ... anders war sein persönliches Refugium eingerichtet.

Eine Zimmerwand war schwarz gestrichen, wohingegen eine andere feuerrot leuchtete, als wollte sie mit Nivens Haarfarbe konkurrieren. Unzählige Poster und Plakate von Musikbands hingen überall an den Wänden, teils übereinander, und den martialischen Posen und Lederkluften nach, spielten die meisten Bands darauf vermutlich Rock oder harten Metal. Feste Plätze für die Gegenstände schien es nicht zu geben und Marie Kondo hätte angesichts des Chaos sicher kapituliert. Bücher lagen kreuz und quer über dem Boden verstreut, dazwischen leere Fast-Food Packungen. Das ganze Zimmer wurde von Niven offenbar als begehbarer Kleiderschrank betrachtet und an das breite Fenster, das einen herrlichen Ausblick auf den Garten und den dahinterliegenden Wald bot, hatte er diverse Aufkleber geklebt, als wollte er die Aussicht verbauen.

»Gemütlich hast du es hier«, stellte ich abschließend fest und erntete dafür ein ungläubiges Schnaufen.

»Dir ist schon bewusst, dass ich Ironie von ehrlich gemeinten Komplimenten zu unterscheiden vermag?«

Mein Blick blieb an der Gitarre hängen. »Ich wusste gar nicht, dass du Musik machst?! Abgesehen davon, dass ich dich so gut wie noch nie im Musikunterricht gesehen habe …«

Er zuckte mit den Schultern, als wäre das keine allzu große Sache. »Ich würde eher sagen, ich klimper ab und zu ein paar Akkorde, um mich abzulenken und mir die Zeit zu vertreiben. Musik machen würde ich das nicht unbedingt nennen.«

Ich beobachtete ihn und fühlte mich verunsichert. Irgendwie hatte ich mir das alles anders und vor allem einfacher vorgestellt, doch die Diskrepanz zwischen seinen abgeranzten Klamotten, die er normalerweise trug, und dem wohlhabenden Elternhaus, aus dem er offenbar stammte, irritierte mich. Das war, als würde man einen in Lumpen gehüllten Obdachlosen nach stundenlanger Bettelei in einen noblen Rolls-Royce einsteigen und davonfahren sehen.

»Sind deine Eltern nicht da?«, fragte ich und er schüttelte den Kopf.

»Nope«, seufzte er, als wäre das kein Thema, über das er sich gern unterhalten würde. »Momentan sind sie, glaube ich, irgendwo in Europa unterwegs. Frankreich oder Deutschland. Vielleicht auch in den Staaten, was weiß ich …« Er klang nicht so, als würde es ihn sonderlich interessieren.

Ich musterte ihn stumm und rückte dann mit der Sprache raus, warum ich überhaupt hier war. »Du erinnerst dich sicherlich noch an unser letztes Treffen auf dieser … ach-so-beschissenen Undergroundparty? By the way, kannst du mir vielleicht mal erklären, wieso unsere Begegnungen immer in einer halben Katastrophe und Auseinandersetzung mit diesen Bullys enden?«

»Keine Ahnung …«, erwiderte er und ein leichtes Lächeln stahl sich auf seine Lippen. »Muss definitiv an dir liegen, ich hatte vorher nie Probleme mit denen.«

»Nun ja …«, antwortete ich, »so oder so werden du und ich am kommenden Wochenende Gelegenheit haben, Tyran und Bonny ein bisschen besser kennenzulernen. Wahrscheinlich sind sie in Wahrheit zwei ganz nette liebenswerte Menschen, die wir nur auf dem falschen Fuß erwischt haben.«

Irritiert blickte er mich an. »Und was soll das heißen?!«

»Mr Costello hat uns für den kommenden Samstag zusammen mit den beiden Idioten und Mara zu einer Frühjahrsputzaktion auf der Segelyacht *Sligo Rover* verdonnert. Von wegen Gemeinschaftsgefühl und dem Lernen wichtiger Prinzipien, *blablabla* …«

Niven wollte gerade abwinken und mir erklären, dass er definitiv nicht zu unserer Strafaktion auftauchen würde, doch darauf war ich innerlich schon vorbereitet.

»Komm‘ erst gar nicht auf die Idee, NICHT aufzutauchen! Du würdest nicht nur von der Schule fliegen, ich wäre den beiden Bullys dann auch schutzlos ausgeliefert. Und du willst doch wohl nicht, dass ich dort ohne meinen heldenhaften Ritter in seiner glänzenden Rüstung auflaufen muss, oder?!«

Er blickte mich an und grinsend gab er sich geschlagen. »Natürlich werde ich meine Prinzessin vor allen Drachen beschützen!«

Seine Finger glitten über die Saiten der Gitarre und ein dunkler Akkord erklang.

»Notfalls mit meinem Leben ...«

Kapitel 25

Niven

Der Januar verabschiedete sich so miesepetrig wie meine Stimmung. Die Temperaturen waren beinahe frühlingshaft und aus den grauen Wolken nieselte ein kalter fieseliger Niederschlag, der sich nicht entscheiden konnte, ob er Regen oder Schnee sein wollte. Ähnlich wie ich nicht recht wusste, ob ich mich freuen sollte, Aeryn gleich wiederzusehen, oder darüber ärgern, auf diesen Gorilla Tyran und seine Braut zu treffen.

Für einen Samstagmorgen war der Hafen zu dieser unchristlichen frühen Stunde schon relativ betriebsam. Einige Trawler waren von der nächtlichen Tour zurückgekehrt und die Fischer damit beschäftigt, ihren Fang an Land zu verfrachten. Ein halbes Dutzend einheimische Frühaufsteher hatte sich versammelt, um die Ausbeute zu begutachten und frischen Dorsch, Seelachs oder Schellfisch für den heimischen Herd zu erstehen. Auch gab es eine

Handvoll Bootsbesitzer, die auf ihren Kähnen irgendwelche Reparaturen und Ausbesserungen vornahmen. Einige wenige grüßten, als ich an ihnen vorbei die Anlegemole entlangschlenderte, aber die meisten schauten nicht einmal auf und konzentrierten sich ganz auf ihre Arbeit.

Möwen flogen kreischend über mich hinweg und in der Luft hing der salzige Geruch von Tang und Meerestieren. Am Ende des Kais lag die *Sligo Rover*, eine etwa fünfzehn Meter lange Segelyacht mit zusätzlichem Hilfsmotor. Das weiße Boot gehörte dem *Ballinode Community College* und war ihm einst im Rahmen einer groß angelegten Spendenaktion von den Bürgern Sligos gespendet worden. So wurden allen Schülern im Laufe der Schulzeit die Grundlagen des Segelns beigebracht, zuerst die theoretische Basis und später dann praktische Übungsstunden auf hoher See.

Ich war nie ein großer Segelfan gewesen, weil mich die aufgezwungene künstliche Kameradschaft der Segelmannschaft von Anfang an störte. Da zog ich es vor, auf der Maschine über die Landstraßen zu düsen, allein und Herr meiner eigenen Entscheidungen. Vielleicht ging es bei den Menschen ähnlich zu wie bei den Vögeln. Manche davon, wie die Felsenpinguine, bevorzugten das Leben in riesigen Kolonien, wo ihnen die schiere Anzahl ihrer Artgenossen scheinbar Schutz bot, andere, wie die Silbermöwe, lebten lieber als Einzelgänger und waren auf sich alleingestellt.

»Hi!«, begrüßte ich Mara, die am Ende des Kais wartete und noch nicht das Deck der *Sligo Rover* betreten hatte. Als ich Tyran und Bonny entdeckte, die bereits in der langgezogenen Kabine des Boots herumlungerten, konnte ich ihre Entscheidung nur zu gut nachvollziehen.

»Hallo Niven«, erwiderte sie meinen Gruß und schaute mich mit einer komischen Mischung aus Neugier und Ablehnung an. Ich konnte es ihr nicht verdenken. Als Klassenbeste und eingefleischter Streberin gab es sicher so einige Charakterzüge an mir, die ihr zutiefst missfielen.

Einen Moment überlegte ich, ob ich ein Gespräch mit ihr anfangen sollte, aber da es sowieso nur auf belanglosen Smalltalk hinauslaufen würde, sparte ich mir die verkrampften Bemühungen. Da schwieg ich lieber, als mir mühsam Worte abzuringen, die genauso inhaltsleer wie die meisten Versprechungen irgendwelcher Politiker waren.

Stattdessen zündete ich mir eine Zigarette an und hielt ihr höflichkeitshalber die Packung hin, doch sie schüttelte energisch den Kopf, als wäre sie eine militante Veganerin und ich hätte ihr soeben ein blutiges rohes Steak angeboten.

Die Stille zwischen uns war unangenehm und ich heilfroh, als Aeryn am Ende des Kais auftauchte und auf uns zu marschierte. Ihre knalligen Haare wirbelten im Wind umher und als würde ihre Ankunft nicht nur meine Stimmung heben, hörte sogar endlich dieser nervige Nieselregen auf.

»Da ist ja mein Prinz!«, begrüßte sie mich strahlend, fast so, als wären wir nicht zu einer langweiligen Strafarbeit hier, sondern zu einem gemeinsamen Picknick. »Hallo Mara, wie geht's, wie steht's? Und wie geht es den Jungs aus eurem Believer-Club?«

Sie seufzte und machte keinen besonders glücklichen Eindruck. »Ich habe seit dieser dämlichen Party kaum ein Wort mit ihnen gesprochen. Sie nehmen es mir immer noch übel, dass ich die Polizei gerufen habe. Obwohl ich sie doch nur vor diesen Tieren beschützen wollte! Mr Costello hat sie dazu verdonnert, dass jeder von ihnen fünfzig Sozialstunden im Seniorenheim *Zur freudigen See* ableisten muss. Unabhängig vom Hausarrest, den sie von ihren Eltern obendrauf aufgebrummt bekommen haben.«

Aeryn winkte ab. »Keine Sorge, die kriegen sich schon wieder ein. Irgendwann werden sie wahrscheinlich einsehen, dass du sie vor Schlimmerem bewahrt hast.«

»Das halte ich ungefähr für so wahrscheinlich, als ihr Eingeständnis, dass sie sich täuschen und wir nicht alle in einer riesigen künstlichen Matrix leben …«

Ich hörte den beiden zu und enthielt mich jeden Kommentars. Ehrlich gesagt war ich mir nicht ganz sicher, ob diese Mara ihren Kumpels wirklich einen Gefallen getan hatte. Zwar hatten sie den Streit nicht angefangen, aber mit ihrer Sex-Drohnen-Übertragungsaktion garantiert dafür gesorgt, dass er eskalierte. Manchmal konnte es hilfreich sein, auf die harte Tour zu lernen, dass jede Handlung nun einmal Konsequenzen nach sich zog. Wer mit Feuer spielte, durfte sich nicht wundern, wenn er sich die Finger verbrannte.

Aeryn ließ den Blick zwischen mir und Mara wandern und seufzte schicksalsergeben. »Also gut, was meint ihr? Wollen wir unseren beiden Mitschülern an Bord Gesellschaft leisten?«

»Von wollen kann wohl kaum die Rede sein …«, knurrte ich und schnippte den Zigarettenstummel ins Hafenbecken, wofür ich sofort einen strafenden Blick von Mara kassierte. Ich sparte mir den Hinweis, dass so mancher Schiffsbesitzer noch ganz andere Dinge in den Hafen kippte, wenn er sich unbeobachtet fühlte.

Wir liefen hintereinander über den schmalen

Landungssteg, der das Schiffsdeck mit der Anlegemole verband, und betraten die Yacht. Tyran und seine Braut kamen aus der Kabine und für einen Moment standen wir uns stumm auf dem Schiffsdeck gegenüber, während über uns die Takelage gegen den Mast klirrte. Fast so wie eine Glocke, die den Startschuss für den Boxkampf erteilte.

Doch niemand von uns rührte sich und am Ende war es Bonny, die uns giftig begrüßte: »Sieh mal einer an, wer sich dazu durchgerungen hat, uns heute mit seiner Gegenwart zu beehren! Der rothaarige bald-schon-ehemalige Schüler vom *Ballinode Community College*, seine in den Farbtopf-gefallene-Spanner-Freundin und die mustergültige Brillenkopf-Streberin, die wahrscheinlich noch nie in ihrem Leben zu einer Strafarbeit verdonnert wurde! Herzlich willkommen!«

Ich wollte schon zu einer saftigen verbalen Retourkutsche ansetzen, doch Aeryn kam mir zuvor und klang dabei überraschend friedlich: »Können wir nicht wenigstens für die nächsten paar Stunden versuchen, das Kriegsbeil zu begraben und die ganze Scheiße so schnell wie möglich hinter uns zu bringen?! Ich nehme mal an, dass keiner vor Freude in die Luft springt, hier seine Freizeit zu verbringen. Je schneller wir fertig sind, desto schneller können wir hier wieder weg!«

Bonny und Tyran wechselten vielsagende Blicke und schienen abzuwägen, ob sie das temporäre Friedensangebot annehmen oder mit Füßen treten sollten. Es war ein bisschen so, als würde man Katzen und Hunde zusammen in ein Haus einschließen und von ihnen verlangen, gemeinsam friedfertig die Zimmer zu renovieren.

Ausgerechnet Tyran sah am Ende ein, dass die

Vorteile die Nachteile überwogen. »Also gut …«, sagte er und kramte einen handbeschriebenen Zettel aus der Hosentasche, den er anscheinend in der Kabine gefunden hatte. »Der ehrenwerte Direktor war so freundlich, uns eine Liste mit Aufträgen zu hinterlassen, die erledigt werden sollen. Vielleicht schaffen wir es ja, diesen Bullshit in ein, zwei Stunden hinter uns zu bringen und danach können wir alle wieder unserer eigenen Wege gehen. Einverstanden?«

Er blickte in die Runde, als wäre das seine Idee gewesen. Einer nach dem anderen nickte, denn was blieb uns anderes übrig, schließlich machte sich die Arbeit nicht von allein.

»Also, wer will was von diesen aufregenden Sachen tun?«

Wir versammelten uns und schauten auf die Liste.

Die Strafarbeiten konnten beginnen …

Kapitel 26

Niven

Nun stellt euch gefälligst nicht so an!«, pflaumte Tyran aufgebracht Aeryn, Mara und mich an, weil wir uns nicht besonders begeistert von seiner Idee zeigten. »Wie heißt es doch so schön, erst die Arbeit, dann das Vergnügen!«

Blieb nur die Frage, was man darunter verstand. Ein Masochist und ein Sadist würden da kaum auf einen gemeinsamen Nenner kommen, außer dass sie sich perfekt ergänzten.

»Wir haben alle Arbeiten erledigt und es ist gerade mal früher Nachmittag«, setzte Tyran nach und blickte uns herausfordernd an. »Und wenn wir schon einmal hier sind, was spricht dagegen, die Gelegenheit am Schopf zu packen und ein, zwei Meilen rauszufahren? Der Himmel ist aufgezogen, wir hatten alle schon unseren Segelunterricht, können die Grundlagen und sind zu fünft. Der Direktor wird nie davon erfahren und wir haben ein paar Stunden Spaß! Stellt euch doch nicht so an! Wir müssen deshalb ja nicht gleich Händchen halten und können meinetwegen auch getrennte Hälften auf dem Boot besetzen, aber lasst uns doch die Gelegenheit nutzen!«

»Und warum fahrt ihr nicht allein raus?«, wandte Mara ein, die anscheinend die größten Bedenken hegte und wie eine keusche Nonne wirkte, der man anbot, einen Ausflug in einen Stripclub namens *The Devils Sin* zu unternehmen.

Ich warf einen Blick zu Bonny, die direkt neben Tyran an der Schiffsreling lehnte und offenbar nichts gegen den Vorschlag einzuwenden hatte. Sie ähnelte einer Schlange, die nur auf eine günstige Gelegenheit wartete, um zuzubeißen. Aeryn stand bei mir und schaute mich abwartend von der Seite an, als würde sie ihre Entscheidung von meiner Meinung abhängig machen.

»Weil ich genau weiß, was dann passiert! Sobald Bonny und ich den Hafen verlassen, ruft ihr den Rektor an und liefert uns ans Messer«, mutmaßte Tyran und ich konnte seinen Einwand durchaus nachvollziehen. Auch wenn ich kein Verräterschwein war, selbst bei so einem Arschloch wie ihm und seiner Freundin, könnte ich meine Hand nicht für Mara ins Feuer legen.

»Wenn wir alle gemeinsam die Spritztour unternehmen, sitzen wir wortwörtlich alle im selben Boot«, fuhr Tyran fort. »Meine Güte, jetzt stellt euch doch nicht so an! Vielleicht schaffen wir es dadurch sogar, unseren Streit aus der Welt zu räumen?«

Ich blieb skeptisch und war mir nicht sicher, was er damit bezweckte? Wollte er wirklich nur Spaß haben und seiner Braut Bonny imponieren, was er doch für ein verwegener Pirat war? Jedenfalls nahm ich nicht an, dass er uns auf hoher See dumm kommen und einen Streit vom Zaun brechen würde, immerhin waren wir zu dritt und sie nur zu weit. Zumindest wenn ich Mara auf unserer Seite verortete, selbst wenn sie sich so neutral wie die Schweiz zu positionieren versuchte.

»Von mir aus …«, sagte ich schließlich und zuckte mit den Schultern.

Aeryn wirkte nicht besonders glücklich über meine Entscheidung, stimmte jedoch auch zu. »Okay, ich bin dabei. Aber das heißt noch lange nicht, dass wir jetzt auf einmal beste Freunde sind und alles vergeben und vergessen ist!«

»Bestimmt nicht!«, zischte Bonny und Tyran und ich grinsten. Gruselig, dass wir beide die gleiche Sache amüsant fanden.

Nun ruhten alle Augen auf Mara, die wenig begeistert auf unsere Zustimmung reagierte. Gleichzeitig schien sie aber auch nicht die Spielverderberin sein zu wollen, die uns das Abenteuer und den Spaß verdarb. Sie wand sich wie ein Wurm am Angelhaken, der knapp über einem Wasserbecken voller hungriger Fische schwebte. Dann gab sie sich schweren Herzens einen Ruck. »Also gut …«, stimmte sie zu. »Aber höchstens für ein, zwei Stunden, damit wir im Hellen zurück im Hafen sind!«

»Klasse! Das nenne ich Sportsgeist!«, triumphierte Tyran und wandte sich dem Steuerrad zu. Wie selbstverständlich beanspruchte er die Rolle des Kapitäns für sich, aber das war okay. Ich hatte nicht vor, ihm den Rang des Alphamännchens bei unserem kurzen Ausflug streitig zu machen. »Wäre einer von euch Leichtmatrosen so freundlich, die Leinen einzuholen, damit wir endlich in See stechen können?«

Kurz darauf hatten wir die Taue losgebunden und eingeholt und Motor und Schiffsschraube erwachten blubbernd zum Leben. Geschickt wendete Tyran das Boot im Hafenbecken und wir passierten die beiden äußeren Kaimauern, die die Anlegestege und Häuser vor den Sturmfluten schützen sollten. Die Schreie der Möwen klangen wie heisere Warnrufe, als wollten sie uns davon abhalten, den sicheren Hafen zu verlassen und einen großen Fehler zu begehen. Doch niemand von uns hörte auf sie.

Während sich Tyran und Bonnie in der Kabine aufhielten, wo er hinter dem Steuerrad den Kurs bestimmte, hatten sich Aeryn und ich nach vorn zum Bug des Schiffes begeben. Wir lehnten nebeneinander an der Reling und genossen den Ausblick auf den blau-grau schimmernden Atlantik, der sich endlos vor uns erstreckte. Mara hockte auf einer Sitzbank im Bugbereich und wünschte sich wohl, dass unser verbotener Ausflug so bald wie möglich ein Ende fand und wir wieder in den Hafen zurückkehrten.

Doch ich musste gestehen, dass mir der Trip hier draußen auf dem Meer in Aeryns Gegenwart wesentlich besser gefiel, als ich es erwartet hätte. Manchmal konnte sogar ein Idiot wie Tyran brauchbare Ideen haben.

»Und? Wie gefällt es dir?«, fragte ich Aeryn, deren Blick weit in die Ferne schweifte, als wären ihre Gedanken woanders.

Zuerst antwortete sie nicht und ich dachte bereits, sie würde gar nichts sagen, bevor sie schließlich leise hervorstieß: »Ist okay. Normalerweise meide ich das offene

Meer …«

Ich wollte schon nachhaken, ob sie schnell seekrank wurde, als mir schlagartig klar wurde, worauf sie sich bezog. *Was war ich nur für ein Idiot?!* Manchmal war ich so verstrickt in meine Grübeleien, dass ich die Befindlichkeiten anderer Menschen völlig vergaß. Nicht weil sie mir egal waren, sondern weil ich von meinen Problemen zu abgelenkt war. Als wäre ich in einem Sumpf und würde mit stechenden Moskitos kämpfen, während neben mir jemand um Hilfe schrie, weil er gerade im Moor versank.

»*Scheiße!* Deine Eltern …«, stammelte ich und fühlte mich, als hätte mir jemand mit einem Brett vor die Stirn geschlagen. »Daran habe ich überhaupt nicht gedacht! Entschuldige bitte … Ich werde Tyran sofort Bescheid sagen, dass wir umkehren sollen …«

»*Pst, pst …*«, unterbrach sie mich und legte ihre Hand auf meinen Arm. »Ist schon gut, alles gut.« Sie überlegte kurz. »Ehrlich gesagt, tut es mir ganz gut, hier draußen zu sein. Nachdem meine Eltern auf offener See verschollen waren, habe ich das Meer sehr lange gemieden, obwohl ich es früher so geliebt habe.«

Ihre Augen schimmerten feucht und ich hätte sie am liebsten getröstet und an mich gedrückt. Doch sie war nicht fertig und ich wollte sie nicht unterbrechen.

»Ich glaube, die einzige Chance, um mit den Dämonen der Vergangenheit fertigzuwerden, besteht darin, sich ihnen zu stellen. Nur so schafft man es, sie zu bekämpfen und am Ende vielleicht zu überwinden.«

Sie schaute mich an und es fiel mir schwer, den Blick von ihren verführerischen Lippen abzuwenden. *Was war nur los mit mir?* Ich war doch sonst nicht so romantisch und schmolz beim Anblick eines hübschen Mädchens gleich dahin.

»Mag sein ...«, gab ich ihr recht. »Aber das sollte dann wenigstens zum richtigen Zeitpunkt und zu eigenen Bedingungen geschehen. Nicht wenn irgendein Footballspieler und seine Braut glauben, sie bräuchten ein kleines Abenteuer.«

»Mach dir keine Sorgen, Niven«, beruhigte sie mich und brachte sogar die Andeutung eines Lächelns zustande. »Hätte ich mir den Segeltörn nicht zugetraut, hätte ich etwas gesagt. Aber ich habe doch einen Prinzen in schimmernder Rüstung an meiner Seite, der mich vor allem Bösen beschützen wird, oder etwa nicht?«

Nun konnte ich nicht mehr anders und griff nach ihrer Hand. Sie zog sie nicht weg und unsere Finger verschränkten sich ineinander. Gerade wollte ich ihr bestätigen, dass ich auf sie aufpassen und vor allem Unheil bewahren würde, als die Motorengeräusche des Boots verstummten und die *Sligo Rover* langsamer wurde.

»Wollen die jetzt etwa fischen oder ein Eisbad nehmen?«, wunderte ich mich, als Tyran kurz darauf mit Falten auf der Stirn zu uns kam, dicht gefolgt von einer aufgebrachten Bonny. Anfangs schien er nicht zu wissen, wie er am besten beginnen sollte, doch dann fasste er sich ein Herz.

Wellen plätscherten gegen den Bug, aber sonst war nichts zu hören.

Bis auf seine Stimme, die nicht mehr ganz so überheblich klang.

»Wir ... haben da ein kleines Problem ...«

Kapitel 27

Tyran

Diese kleinlichen, ängstlichen Schisser! Probleme auf dem Weg waren keine unüberwindlichen Hindernisse. Es waren Hürden, durch deren Überwindung man wachsen konnte.

»Wieso bin ich der Einzige, der darauf hätte achten müssen, dass der Tank noch voll ist?!«, motzte ich zurück, auch wenn es überhaupt keinen Grund gab, mich vor dieser Mara zu rechtfertigen.

»Weil es deine verfluchte Idee war, diesen Segeltörn zu unternehmen?!«, schlug Aeryn als Begründung vor und ich knurrte wütend. Wenn ich eins nicht leiden konnte, dann wenn man mich in eine Ecke drängte. In solchen Momenten konnte ich schnell wie ein wild gewordener Hund reagieren und zuschnappen. Ihr rothaariger Möchtegern-Rebell stand neben ihr und wirkte nicht weniger zornig.

Ich überlegte, ob ich den Streit eskalieren lassen wollte,

aber das war es nicht wert.

»Wir sollten über Funk die Seenotrettung alarmieren, damit sie uns helfen kommen!«, schlug Mara vor. Das Blut sackte mir bei dieser Vorstellung aus dem Gesicht, wie ein rotes Tuch, das man in weiße Farbe tunkte.

»Ganz sicher nicht!«, stieß ich sofort hervor, das kam für mich auf keinen Fall in Frage! Andernfalls würden nicht nur der Direktor und die Schulleitung von unserem unerlaubten Ausflug erfahren und uns drastische disziplinarische Strafen drohen. Im schlimmsten Fall würden sie mich sogar aus dem Rugbyteam werfen, auch wenn ich zweifellos der wichtigste Spieler war. Gar nicht zu reden von Dads Reaktion.

Ich spürte noch immer an verschiedenen Stellen seine Tracht Prügel vom letzten Mal. Doch das wäre nichts im Vergleich zu der Bestrafung, wenn sie uns hier draußen abschleppen müssten. Danach könnte ich vermutlich meinen ganzen Körper in Watte packen und mich trotzdem nicht ohne Schmerzen hinsetzen.

»Macht euch nicht gleich in die Hose!«, versuchte ich, meine aufgebrachten Mitschüler zu beruhigen. Vom Spielfeld her war ich es gewohnt, die Führung zu übernehmen, und auch diesmal würde ich mich des Problems annehmen und es erfolgreich meistern. »Schließlich brauchen wir den Motor nicht zwingend. Wir alle haben gelernt, wie man Segel setzt und damit das Boot steuert. Also alles easy peasy!«

Die anderen wirkten nicht besonders überzeugt, willigten am Ende aber ein. Immerhin waren sie genauso bestrebt, ohne Ärger und Aufmerksamkeit zum Hafen zurückzukehren. Auch wenn sich das Segeln etwas komplizierter als die Fahrt mit dem Hilfsmotor gestaltete, war es doch keine unlösbare Hexenkunst.

Wenig später hatten wir es gemeinsam geschafft, die Leinen an den Segellatten einzuholen und das Großsegel zu hissen. Unsere Handgriffe waren alles andere als eingespielt und beim Setzen des Vorsegels hätte Mara um ein Haar einen heftigen Schlag abbekommen, der sie sicher über Bord geschleudert hätte. Sie konnte sich gerade noch rechtzeitig bücken. Ich wusste nicht, ob ich mich darüber freuen oder ärgern sollte, dass die elendige Streberin schnell genug reagiert hatte. Nachdem wir die Spannung der Segelleinen kontrolliert hatten, um die Form der Segel zu optimieren und die Geschwindigkeit zu erhöhen, eilte ich zurück in die Kabine. Vorsichtig kurbelte ich das Steuerrad, um eine langsame Wende einzuleiten, so dass sich die Bugspitze in Richtung Küste drehte.

Zwar war der leere Tank ärgerlich, aber letztlich kein Drama. Ich vermutete, dass wir ungefähr in einer Stunde im Hafen einliefen, und spätestens heute Abend würden Bonny und ich über die drei Schisser lachen, wie sie sich beim ersten Anzeichen von Abenteuer in die Hose machten.

Mittlerweile hatte sich der Himmel zugezogen und graue Wolken zogen sich langsam aber sicher immer dichter zusammen. Leichter Wind war aufgezogen, doch nicht annähernd so stark, um sich Sorgen machen zu müssen. Im Gegenteil. Er blies landeinwärts und würde uns noch schneller zurück zum Heimathafen bringen.

Merkwürdig nur, dass mich beim Blick durch die Frontscheibe das Gefühl beschlich, die Küste würde immer kleiner anstatt größer werden ... Mittlerweile war sie nur noch als dünner Strich am Horizont zu erkennen.

Es musste eine optische Täuschung sein, was sonst?! Um mich zu vergewissern, dass wir nach wie vor den richtigen Kurs verfolgten, warf ich einen Blick auf die digitale GPS-Anzeige und den Schiffskompass daneben. Auch wenn ich damals im Unterricht, als es um die Erläuterungen der technischen Navigationsgeräte und deren genaue Funktionsweise ging, nur mit halben Ohr zugehört hatte, waren bei mir doch die Grundsätze hängen geblieben.

Ich war mir ziemlich sicher, dass es nicht normal war, dass sich die Kompassnadel ständig im Kreis drehte und sich nicht entscheiden konnte, wo ihrer Meinung nach Norden lag. Sie verhielt sich eher wie ein durchgedrehtes Huhn, dem man die Augen verbunden hatte und das völlig überfordert einen Ausgang aus dem Stall suchte.

»Was zum Teufel ist das?!«, meldete sich Bonny neben mir zu Wort, doch ich hatte keine Zeit für ihre Sorgen, ob ihr eine künstliche Wimper verrutscht oder ein Fingernagel eingerissen war. Ich musste mich momentan darauf konzentrieren, dieses verfluchte Boot in die richtige Richtung zu steuern, denn allmählich merkte ich, wie ich zunehmend nervöser wurde.

»Ich habe gerade keine Zeit!«, versuchte ich, sie barscher als nötig zu vertrösten, doch sie gab nicht auf und zupfte mich am Ärmel.

»WAS IST DAS?!«

Ich folgte ihrem Fingerzeig zum Seitenfenster hinaus und erstarrte. Ich sah, was sie meinte, und hatte keine beschissene Ahnung, was zum Teufel das war?!

Es sah aus wie eine meterhohe massive graue Welle, die sich über den ganzen Horizont ausbreitete und direkt auf uns zuhielt!

Im gleichen Augenblick kamen die anderen drei vom Deck in die Kabine gehastet. »Seht ihr das auch?!«, fragte Niven und presste das Gesicht an die Scheibe.

»Sind wir etwa blind!«, fauchte ich zurück, denn man müsste schon den Kopf im Sand vergraben, um diese Scheiße NICHT zu sehen!

»Das ist eine Nebelbank«, stellte Mara sachlich fest, doch mir fiel auf, wie sich ihre Hand nervös zur Faust ballte und die Fingerknöchel hell hervortraten. Sie war definitiv alles andere als entspannt.

»So schnell und massiv?«, zweifelte Aeryn, denn die graue Wand kam wirklich erstaunlich rasch auf zu.

Hastig lenkte ich das Steuerrad in die Richtung, in der ich die Küste vermutete, als uns die Nebelbank erreichte. Innerhalb von Sekunden hüllte sie uns ein, als hätte ein allmächtiger Gott eine zähe graue Haferschleimsuppe über uns ausgekippt.

Für einen Moment verstummten wir alle, denn es fühlte sich an, als hätte man uns plötzlich aus der echten Welt ausgeschlossen und in eine unwirkliche Geisterwelt verfrachtet. Als ob dies nicht real wäre ...

»Keine Sorge, mit Hilfe des Radars sollten wir problemlos sogar im Nebel zurück zum Hafen finden«, versuchte sich nun ausgerechnet Mara in Zweckoptimismus. Vielleicht wollte sie sich auch nur selbst beruhigen.

Ich warf einen Blick aufs Steuerpult und spürte, wie mir kalter Schweiß auf der Stirn ausbrach. »Ich fürchte ... da gibt es kleines Problem ...« Verwundert näherten sich die anderen und ich trat zur Seite, damit sie das ganze Ausmaß der Katastrophe sehen konnten.

»*WAS …?!*«, entfuhr es Mara verängstigt und auch Niven konnte sich ein verblüfftes Ächzen nicht verkneifen. Mittlerweile spielte nicht nur der Kompass Karussell, sondern die Radaranzeige flimmerte und wechselte, als hätte sie einen Schlaganfall erlitten. Alle Navigationshilfen schienen komplett durchgedreht zu sein und nicht mehr richtig zu funktionieren.

Es war Aeryn, die zuerst das Smartphone zückte und uns entschlossen mitteilte: »Ist mir vollkommen egal, ob wir Ärger kriegen! Das ist kein kleiner harmloser Ausflug mehr und wir müssen zusehen, dass sie uns Hilfe rausschicken, bevor wir immer weiter abdriften!«

Mein erster Impuls war, ihr zu widersprechen, nur damit wir auf keinen Fall Stress bekamen. Doch dann schwieg ich, da ich einsah, dass es in der Tat das Klügste war, das wir machen konnten.

Aeryn wählte die Notruf-Nummer und hielt das Smartphone an ihr Ohr. Sie wartete und wartete, bis sie das Handy wieder sinken ließ und irritiert das Display betrachtete.

Die Sorgenfalten in ihrem Gesicht vertieften sich.

»Wir … haben kein Empfang.«

Kapitel 28

Mara

Manchmal sollte man lieber auf den eigenen Verstand hören und sich nicht von anderen zu etwas überreden lassen. Selbst wenn man nachher als Feigling oder Spielverderber dastand.

Ich hätte dieser bescheuerten Idee niemals zustimmen dürfen!

Doch all die Selbstvorwürfe halfen mir momentan kein Stück weiter und ich sollte sie mir für später aufheben, wenn ich mit meinen Eltern und Geschwistern bei einer heißen Tasse Schokolade im Wohnzimmer zusammensaß. Sicher bekäme ich kurz Schelte, wie ich nur so unvernünftig sein konnte, doch dann würden wir alle über dieses verrückte Abenteuer lachen und uns in die Arme nehmen. Zum Familienkuscheln, wie wir es gern nannten und mindestens einmal am Tag praktizierten, um die emotionalen Bande zu stärken.

»Vielleicht gab es einen Kurzschluss?«, mutmaßte Tyran, der gereizt wirkte, wie ein eingesperrter Tiger, dessen Käfig immer kleiner wurde.

»*Mmh* … das glaube ich nicht«, gab ich zurück und kam wieder unter dem Steuerpult hervor. Wir hatten die Abdeckung abgeschraubt, so dass ich mit dem Oberkörper in die technischen Eingeweide hineinkriechen konnte. In einer Schublade fanden wir sogar eine Taschenlampe und mein Multifunktionswerkzeug inklusive Schraubenzieher und Zange trug ich Gott-sei-Dank immer mit mir dabei.

Leider half es momentan nicht weiter, denn ich konnte keinen offensichtlichen technischen Defekt erkennen. Zumindest nicht auf Anhieb, schließlich war es nicht ausgeschlossen, dass an anderer Stelle im Schiffsmotor etwas passiert war. Außerdem konnte ich zwar jeden Computer mit verbundenen Augen auseinandernehmen und wieder zusammenbauen, aber Schiffstechnik war auch für mich Neuland.

»Irgendeinen Grund muss es doch haben!«, schnaufte Tyran empört, als wäre es meine Schuld, dass die Anzeigetechnik den Verstand verloren hatte.

»Den gibt es zweifellos«, stimmte ich zu, um sogleich, sehr zu seinem Frust, einzuschränken, »aber ich kenne ihn halt nicht!«

Kopfschüttelnd wandte er sich an Bonny, die neben Niven und Aeryn am Tisch in der Mitte der Kabine saß. »Da könnte man einmal im Leben wirklich die Hilfe von einem Nerd gebrauchen und was passiert?!« Er haute mit der Hand aufs Steuerrad. »Genau! Nichts …«

»Hey?!«, mischte sich Aeryn ein und ergriff für mich Partei. »Lass Mara gefälligst in Ruhe, schließlich versucht sie nur, uns zu helfen! Und immerhin war es nicht ihre Idee, die Yacht auf eine Spritztour rauszufahren. Und es ist auch nicht ihre Schuld, dass die Geräte verrücktspielen und wir hier draußen keinen Empfang haben!«

»Was auch immer ...«, regte sich Tyran auf, schenkte uns aber keine weitere Beachtung.

Da ich nicht wusste, was ich noch tun könnte, krabbelte ich wieder hervor und schob die Abdeckung an ihren Platz zurück.

»Also, wie sehen unsere Möglichkeiten aus?«, fragte Bonny und klang dabei erstaunlich höflich. Nicht wie sonst auf dem Schulhof, wenn sie meinte, jedem befehlen oder drangsalieren zu können.

Ich schwieg, denn zum einen hatte ich momentan keine zündende Idee, was wir tun könnten, zum anderen wollte ich mich nicht mit irgendeinem weiteren erfolglosen Vorschlag in die Nesseln setzen. Keine Ahnung, was noch passieren würde, doch Tyrans Stimmung schien zunehmend aus dem Ruder zu laufen.

»Nun ja ...«, ergriff Niven das Wort, »ich schätze mal, dass wir nicht besonders viele Möglichkeiten haben, außer abzuwarten, bis sich diese verhexte Nebelbank wieder auflöst und sich die Geräte einkriegen. Bis dahin bringt es nicht viel, irgendwohin zu steuern, schließlich kann man in dieser Suppe keine fünf Meter weit schauen.«

»Schlaumeier!«, knurrte Tyran und wirkte, als wäre er am liebsten auf Niven losgegangen, nur um seinem Frust Luft zu verschaffen. Wie ein Wasserkocher, der kurz vorm Überkochen stand und sich pfeifend zu Wort meldete.

»Beruhig dich«, wandte sich Bonny an ihren Freund, die ebenfalls bemerkte, dass er fast explodierte.

Ich überlegte kurz, ob ich mich an der Diskussion beteiligen sollte, befürchtete aber, dass ich unter den aktuellen Umständen nichts Konstruktives beitragen konnte.

»Ich schnappe etwas frische Luft«, teilte ich den anderen mit und die einzige Reaktion war ein kurzes Kopfnicken von Aeryn. Schnell huschte ich an ihnen vorbei und eilte an Deck.

Die Luft war feucht und kühl und ich begab mich zum Heck der Yacht. Ich ließ den Blick schweifen und versuchte, irgendetwas im Nebel zu erkennen. Vielleicht ein Licht von irgendwelchen Schiffsignalen oder Bojen, doch vergebens.

Graues endloses Nichts …

Die Wellen plätscherten leise gegen den Bug der Yacht und ansonsten war es vollkommen still, als ob die Welt eingefroren wäre. Obwohl ich wusste, dass ich mir keine Sorgen machen brauchte und sicher schon bald wieder alles gut werden würde, beschlich mich eine unbestimmte Furcht, als ob dort draußen irgendetwas auf uns lauerte. Eine schreckliche grausame Gefahr, die uns verschlingen und verzehren würde, wie der Mond, der die Sonne fraß und nie wieder ausspuckte. Natürlich war das Unsinn, aber das ungute Gefühl ließ sich einfach nicht abschütteln.

Wir hätten niemals hier rausfahren dürfen, hätten im Hafen bleiben müssen und niemals die Leinen lösen dürfen! Dann wäre ich jetzt längst zuhause, zusammen mit meiner geliebten Familie, würde in meinem Zimmer chillen und mit meinem jüngerer Schwester Monopoly spielen, online mit Freunden chatten oder irgendeine Serie auf dem *Discovery Channel* bingen.

Stattdessen steckte ich hier auf dieser Yacht fest

und war abhängig von den Launen des Wetters. *Was kein angenehmes Gefühl war!* Ich hasste es, wenn ich eine Situation nicht beeinflussen konnte, und machtlos die Pirouetten des Schicksals ertragen musste. Was gab es Schlimmeres, als sich wie ein Herbstblatt zu fühlen, das in einen Fluss gefallen war und in den Stromschnellen und Strömungen herumgewirbelt wurde, ohne sich dagegen wehren zu können?

Langsam begann ich zu frösteln. Obwohl ich mir einen warmen Aran-Pullover mit einer ärmellosen Winterweste übergezogen hatte, sickerte die Kälte durch den Stoff wie Wasser durch den Kaffeefilter.

Vielleicht sollte ich besser ins warme Innere der Kabine zurückkehren.

Ich wollte mich schon auf den Weg machen, als ich ein lautes Gluckern hörte. Es klang nicht wie das typische rhythmische Plätschern der Wellen gegen den Schiffsbug und irritiert blieb ich stehen. Es kam von rechts und ich wechselte die Seite, um nachzuschauen, ob sich die Ursache des Geräusches erkennen ließ.

Zuerst sah ich nichts, doch dann entdeckte ich es ...

Meine Finger verkrampften sich um die Reling und selbst wenn ich gewollt hätte, hätte ich mich in diesem Augenblick nicht von der Stelle rühren können.

Was war das?!

Ich erblickte einen gigantischen grünlich-geschuppten Leib, der mindestens die Länge der Yacht besaß, der neben unserem Schiff aus den Wellen auftauchte. Durchsichtige, mit Stacheln bewehrte Rückenflossen prangten auf der Oberseite und schnitten wie ein riesiger japanischer Fächer durch das Wasser.

Weder konnte ich einen Kopf noch irgendwelche Flossen erkennen, doch was immer das für eine Kreatur war, sie war gewaltig. Der gewundene Leib schwamm an unserem Boot vorbei und schien gar kein Ende zu nehmen. Irgendwann erblickte ich das Schwanzende, das in rötlichen langgezogenen Quasten auslief, die aufgeregt pulsierten.

Ungläubig starrte ich der Wasserkreatur hinterher, bis sie im Nebel verschwunden war. Zwar war ich keine ausgebildete Biologin, aber eines wusste ich unter Garantie.

Was immer das für ein Monstrum war, eines stand fest.

Es stammte nicht aus unserer vertrauten Welt.

Nur woher dann?!

Kapitel 29

Bonny

Ich hütete mich davor, es offen auszusprechen, dachte mir aber meinen Teil. Tyrans spontane Abenteuer-Idee zu diesem verbotenen Bootsausflug war nicht nur vollkommen bescheuert und hirnverbrannt gewesen, sie stellte sich mittlerweile als lebensbedrohlich heraus. Keiner von uns besaß eine genaue Vorstellung davon, wie viel Zeit inzwischen vergangen war. Einig waren wir uns nur darin, dass es mehrere Tage und Nächte gewesen sein mussten.

Wir hatten Ewigkeiten in dieser verfluchten feuchten Nebelsuppe verbracht und obwohl es keiner von uns aussprach, war offensichtlich, dass es mit diesem grauen Dunst nicht mit rechten Dingen zuging. Nicht nur spielten alle technischen Geräte an Bord der Yacht vollkommen verrückt, irgendwann gaben sie den Geist komplett auf. Als hätten sie sich dazu entschlossen, diesen Wahnsinn nicht länger zu ertragen und sich lieber zu verabschieden.

Eine mögliche Erklärung wäre gewesen, dass die Schiffstechnik ausgefallen war, unabhängig von Maras Behauptung, dass die Systeme nicht miteinander verkoppelt waren und es rein technisch keinen Sinn ergab.

Theoretisch hätte ich dies in die Kategorie totaler Schwachsinn abtun können, wären da nicht all unsere Smartphones gewesen, die den Geist aufgegeben hatten. Zuerst begnügten sie sich noch damit, keinen Empfang zu haben, aber nach zwei Tagen sprangen sie eines Morgens nicht einmal mehr an, als hätten sie sich miteinander verabredet und über Nacht gleichzeitig ihre Akkus entladen.

Was dazu führte, dass es schwerfiel, zu bestimmen, wie viel Zeit verstrichen war. Und obwohl wir uns alle einigermaßen zusammenrissen, steigerte sich die Spannung zwischen uns immer mehr.

Wenigstens hatten wir diese verfluchte Nebelbank hinter uns gelassen oder sie hatte sich von selbst aufgelöst, auch wenn es unsere Lage nicht merklich verbesserte. Zwar konnte man den Blick dadurch einmal rundherum in die Ferne schweifen lassen, aber außer endlosen Wellen war weit und breit nichts zu entdecken. *Keine Küste, kein Schiff, kein Anzeichen von Leben, nichts.*

Die Sonne hatte sich seit Tagen nicht mehr blicken lassen und versteckte sich lieber hinter trägen dunklen Wolken, die den ganzen Himmel bedeckten. Heute waren sie nicht nur grau, sondern fast schon schwarz und ich hatte das Gefühl, dass sie sich immer weiter verdunkelten. *Wieso auch nicht?!* Unsere Lage war ja noch nicht beschissen genug ... Ein Gewitter würde dem Ganzen zweifellos die Krone aufsetzen.

Ich hockte auf der Bank in der Kabine und blickte zu

Tyran, der auf dem Stuhl hinter dem Steuerrad saß, obwohl es nichts zu tun gab. Er starrte düster in die Ferne und seine Stirn war in Falten gelegt. Unter seinem Hemd zeichneten sich die ausgeprägten Rückenmuskeln ab und zu einem anderen Zeitpunkt, hätte mich das vielleicht angemacht. Momentan war mir aber die Lust auf Sex vergangen. Ich brauchte dringend eine Dusche und meine blonden langen Haare, auf die ich eigentlich sehr stolz war, fühlten sich stumpf an und bildeten verfilzte Strähnen.

Doch den Anderen ging es nicht viel besser.

Wahrscheinlich konnten wir froh sein, dass die Yacht eine winzige Toilette besaß, die zwar nicht besonders komfortabel war, aber es zumindest ermöglichte, unsere Notdurft zu verrichten. Tyran hatte sich lautstark über das vorsintflutliche Mittelalterklosett aufgeregt, doch letztlich besuchte er es zähneknirschend wie wir alle. Ich hatte ihm theatralisch zugestimmt und, um den Schein zu wahren, behauptet, dass ich normalerweise ein Bad benutzte, das größer als die ganze Yacht war. In Wirklichkeit war die Toilette im Trailer nicht geräumiger als diese hier, so dass ich mich fast heimisch fühlte.

Aeryn und Niven hockten draußen an Bord der Yacht, genau wie Mara, die sich etwas abseits hingepflanzt hatte. Die Streberin wirkte beinahe apathisch und beobachtete immerzu die Meeresoberfläche, als hätte sie Angst, dass uns ein weißer Hai angriff. Sie redete nur, wenn man sie ansprach, unabhängig davon, dass wir uns sowieso nicht allzu viel zu sagen hatten.

Niemand hatte eine Idee, was wir tun sollten, wir konnten nur abwarten und hoffen, dass Hilfe unterwegs war. Nach einer längeren Besprechung verzichteten wir sogar darauf, erneut die Segel zu setzen. Bei der Diskussion darüber wären Tyran und Niven fast aufeinander losgegangen, wenn Aeryn und ich sie nicht davon abgehalten hätten.

Besorgt betrachtete ich durch das Fenster die finsteren Wolken über uns. Es grummelte immer wieder und vermutlich würde es bald regnen, was aus Sicht unseres Proviants vielleicht gar nicht so schlecht war.

Gleich, als klar wurde, dass uns der Rückweg nicht so schnell gelingen würde, durchsuchten wir sämtliche Schränke und Schubladen. Es gab jede Menge unnütze Dinge wie Taue, Rettungswesten und sogar Schulbücher, aber immerhin fanden wir auch einen Vorrat an Mineralwasserflaschen und einige Packungen trockene Kekse. Die hatten zwar ihr Mindesthaltbarkeitsdatum überschritten, doch keiner von uns kam auf die Idee, deswegen auf seine Portion zu verzichten. Mittlerweile waren die Kekse längst aufgegessen und das Trinkwasser fast aufgebraucht. Insofern käme uns ein ordentlicher Regenschauer ganz gelegen, um die Flaschen wieder aufzufüllen.

Zwischenzeitig versuchte Tyran sogar, mit einer dünnen Schnur und einem selbstgebauten Haken aus einem Drahtstück zu angeln, vielleicht um mir oder uns allen zu beweisen, was für ein toller Jäger er war. Dass kein einziger Fisch anbiss, hob seine Laune nicht unbedingt.

Insgesamt hatte ich das Gefühl, dass die Stimmung an Bord einem explosiven Pulverfass ähnelte. Ein einzelner Funke würde ausreichen, um eine Explosion an Wut und Zorn auszulösen. Schon jetzt war der Ton untereinander alles andere als freundlich und selbst mir gegenüber verhielt sich Tyran nicht mehr besonders gentlemanlike.

Vielleicht verständlich, denn inzwischen ging es nicht mehr darum, wie viel Ärger wir von der Schule bekamen. Je länger dieser ungeplante Ausflug dauerte, desto größer wären die Konsequenzen. Wie eine achtlos weggeworfene Zigarette, die zuerst nur ein Büschel trockenes Gras entzündete, bevor die Flammen einen Busch anzündeten und sich das Feuer zuletzt zu einem tödlichen Flächenbrand ausbreitete, bei dem tausende Tiere ums Leben kamen.

Zuerst würde man nur unsere Eltern benachrichtigen, bevor irgendwann die lokale Presse darüber berichtete. Sobald erst einmal die nationalen Klatschblätter davon Wind bekämen, würde unser Schicksal in allen Medien ausgeschlachtet werden. Ich konnte die Schlagzeilen förmlich vor mir sehen. »*Schüler-Quintett auf hoher See verschollen!*«, »*Fünf Teenager vermisst*« oder auch »*Wer rettet unsere Kinder?*«.

Vielleicht würden wir bei unserer Rückkehr nicht einmal Ärger bekommen, einfach weil die Rettung so große Aufmerksamkeit auf sich ziehen würde. Was zumindest ein kleiner Vorteil wäre. Denn inzwischen wollte ich nur noch eins: so schnell wie möglich wieder zurück!

Mittlerweile schaukelte das Boot immer heftiger und ein Blick aus dem Seitenfenster ließ mich erschaudern. Die Wellen hatten eindeutig an Stärke zugenommen, es grummelte in den Wolken und die ersten Regentropfen prasselten gegen die Scheibe.

»Sollten wir vielleicht die Flaschen rausstellen?«, wandte ich mich an Tyran, aber es schien, als hätte er mich nicht gehört.

»Mach' doch, was du willst!«, kam seine patzige Antwort und für einen Moment war ich versucht, ihn anzupflaumen, dass er seine schlechte Laune gefälligst nicht an mir auslassen sollte. Schließlich war es nicht meine Schuld, dass wir hier festsaßen!

Aber ich sparte mir den Kommentar, denn ich wollte die angespannte Stimmung zwischen uns nicht weiter verschlimmern. Stattdessen schnappte ich mir die leeren Flaschen und marschierte mit ihnen unter dem Arm an Deck des Schiffes. Aeryn und Niven schauten kurz auf, während Mara mich nicht beachtete und argwöhnisch den Himmel beobachtete. Der war inzwischen vollkommen schwarz, als wäre es tief in der Nacht. Regentropfen peitschten mir ins Gesicht und hießen mich willkommen.

Ich hielt eine der leeren Flaschen hoch. »Ich dachte, wir könnten sie vielleicht aufstellen, um neues Trinkwasser zu sammeln.«

»Gute Idee«, stimmte Aeryn zu und für einen Moment kniff ich misstrauisch die Augen zusammen, weil ich dachte, sie würde es ironisch meinen und mich auf den Arm nehmen. Doch sie erhob sich gleich darauf, um mir zu helfen.

Gemeinsam verteilten wir die Flaschen quer über das ganze Schiff und banden sie mit Schnüren an der Reling und am Dach der Kabine fest, damit sie sich hoffentlich mit Wasser füllten. Was gar nicht unwahrscheinlich war, denn der Regen wurde von Minute zu Minute heftiger.

Ein gleißendes Licht erhellte Schiff und Meer.

KKRRRAAAAAWUUUUMMMM …

Ich schrie vor Schreck auf und auch Aeryn fuhr panisch herum. Reflexartig hielt ich mich an ihr fest und obwohl sie davon im ersten Augenblick überrascht wirkte, stieß sie mich nicht weg.

»Vielleicht ... sollten wir uns besser in die Kabine zurückziehen?!«, schrie sie mir zu, um das immer lauter werdende Unwetter zu übertönen. Niven und Mara brauchten wir dazu nicht zu überreden, denn mittlerweile peitschte der Regen von allen Seiten auf uns ein. Der Wind schien ständig seine Richtung zu wechseln, wie ein kleines launisches Kind, das sich nicht entscheiden konnte, mit welchem Spielzeug es spielen wollte.

Kaum waren wir in der Kabine, verriegelten wir die Tür. Aeryn und Niven hockten sich auf eine der Sitzbänke, wobei ich nur am Rande registrierte, dass sie seine Hand festhielt. Er schien nichts dagegen zu haben und in diesem Moment wünschte ich mir, dass Tyran sich genauso beschützend um mich kümmern würde. Aber er umklammerte fest das Steuerrad, als wäre er Kapitän Ahab bei der Verfolgung von Moby Dick.

Dabei bezweifelte ich, dass er überhaupt irgendetwas mit seinen Lenkversuchen ausrichten konnte. Die Wellen waren so stark, dass die Yacht wie eine Nussschale umhergeworfen wurde. Wenn er etwas Sinnvolles tun wollte, dann mich in den Arm nehmen oder zu Neptun oder irgendeinem anderen Gott beten, dass er uns beschützen möge.

Als ob der erste Blitz das Gewitter offiziell eröffnet hatte, krachten nun weitere vom Himmel hinab und erhellten für wenige Sekunden unsere angsterfüllten Gesichter.

Ich kauerte mich neben Mara auf einen freien Sitzplatz, umklammerte meine Knie und schloss die Augen. Schon als kleines Kind hatte ich das manchmal gemacht, wenn ich das Elend nicht länger ertragen und auch nichts daran ändern konnte.

Ich versteckte mich einfach im Wandschrank zwischen der Wäsche, schloss Augen und Ohren und hoffte, dass der Spuk irgendwann von ganz allein wieder aufhörte.

Ich wimmerte leise und wiegte vor und zurück, als wäre ich immer noch dieses kleine Kind. Als wäre all das nicht real und nichts als ein böser schlimmer Traum, aus dem ich schon bald aufwachen würde.

Alles würde gut werden, alles würde wieder gut werden …

Ich würde heute nicht sterben!

Kapitel 30

Aeryn

Wenn es den Himmel gab, war das hier zweifellos die Hölle! Doch die Hölle war kein flammendes Inferno aus Feuer und glühender Lava. Sie bestand aus meterhohen gnadenlosen Wellen, die uns verschlingen und in die finsteren Tiefen des Meeres reißen würden.

»WIR WERDEN ALLE STERBEN!«, schrie Bonny panisch, als ein krachender Blitz vom Himmel fuhr und die nächste Riesenwelle das Segelschiff anhob, als wollte sie das Boot durch die Luft schleudern. Ihr Gesicht war so bleich, als wäre sie wie eine japanische Geisha weiß geschminkt.

»*WERDEN WIR NICHT!*«, fauchte Tyran aufgebracht, ohne das Steuerrad loszulassen, an dem er sich verzweifelt wie ein Alkoholiker an der letzten Flasche Schnaps festhielt. »ICH BRINGE UNS HIER RAUS!«

Im nächsten Augenblick stürzte die *Sligo Rover* fast senkrecht in ein Wellental hinab, als wäre sie ein U-Boot auf Tauchgang. Die Bugspitze tauchte ins Meer und Wasser klatschte gegen sämtliche Scheiben. Wir schrien allesamt auf, als wären wir ein Chor aus Geisteskranken in einer Klapse, dann schoss das Boot wieder empor, nur um das ganze Spiel gleich darauf zu wiederholen.

Ich blickte zu Niven, der neben mir auf der Sitzbank kauerte. Mit einer Hand hielten wir uns einander fest, während wir die andere dazu benutzten, uns an der Rückenlehne festzuklammern, damit wir nicht wie Wäsche im Trockner umhergeschleudert wurden. Schon jetzt flog alles mögliche Zeug herum, als wollte es uns unbedingt die Köpfe zerschmettern.

Meine Augen waren feucht, als ich mich zu ihm vorbeugte und ins Ohr rief: »Ich hätte dich gern besser kennengelernt! Mein ehrenwerter Ritter ...«

Er erwiderte meinen Blick und schüttelte den Kopf. »Wir werden noch genug Zeit haben, uns besser kennenzulernen!«, widersprach er mir trotzig wie ein kleiner Junge, der sich weigerte, erwachsen zu werden. »Glaub' mir!«

Ich hätte ihm gern geantwortet, doch ein weiterer Blitz zuckte vom nachtschwarzen Himmel herab und donnerte ohrenbetäubend laut. Wir befanden uns direkt im Zentrum des Sturms und ich befürchtete, es blieb nur eine Frage der Zeit, bis ein Blitz in den Mast einschlug. Ich hatte keine Ahnung, was dann passieren würde. Würden wir alle bei lebendigem Leib geröstet, als hätten wir eine Steckdose geküsst? Oder wären wir hier im Inneren ähnlich geschützt wie in einem Auto während eines Gewitters?

Wahrscheinlich wüsste Mara darauf die korrekte Antwort, die im Physikunterricht fraglos wesentlich besser aufgepasst hatte, als ich es je getan hatte. Doch ich wusste nicht recht, ob ich die Antwort überhaupt erfahren wollte? Manchmal war es vorteilhafter, etwas nicht zu wissen ... Außerdem hockte Mara derzeit heulend auf der Bank und schien nicht in der Lage zu sein, auch nur irgendeine Frage zu beantworten, und sei es die nach ihrem Namen.

Der Regen schlug mit einer entschlossenen Inbrunst gegen die Fensterscheiben und es hörte sich an wie das Trommelfeuer aus vollautomatischen Waffen. Unbewusst fragte ich mich, ob die Scheiben zerbersten und die Scherben wie Geschosse durch die Kabine fliegen könnten? *Na, vielen Dank auch, liebe Fantasie!* Eine Horrorvorstellung mehr, mit der ich mir ausmalen konnte, wie wir hier zu Tode kamen.

Plötzlich sprang Niven auf, als würde er auf dem Nagelbrett eines Fakirs sitzen und hätte es erst jetzt bemerkt. Er rannte auf die gegenüberliegende Seite der Kabine und wäre fast mit voller Wucht dagegen geprallt, weil die nächste Welle das Boot herumschleuderte, als wollte sie ihm extra Schwung verleihen. Keuchend knallte er vor die Holzvertäfelung, riss die Tür auf und zog die Rettungswesten hervor.

Er warf mir durch die Luft eine zu und ich fing sie auf. Dann drückte er Bonny eine in die Hand und wankte zu Tyran rüber, als wäre er betrunken und könnte sich kaum auf den Füßen halten.

»HIER! Zieh‘ die an!«, schrie er ihm zu und erntete dafür einen Blick, der irgendwo zwischen Hass und Wahnsinn pendelte. Der Kapitän des Rugbyteams starrte zuerst Niven und dann die knallige Weste an, als hätte er ihn gebeten, sich einen Anker auf den Rücken zu schnallen.

Niven drückte ihm das orangerote Teil einfach in die Hände und torkelte zu Mara rüber.

Ich löste derweil die Verschlussriemen auf der Brustseite, streifte mir die Weste über und verschloss die Sicherheitslaschen. An einem dünnen Seil baumelte eine gelbe Plastikpfeife und ich fragte mich, ob man damit allen Ernstes um Hilfe rufen sollte, wenn man im endlosen Meer trieb?

Derweil versuchte Niven, meine Spindnachbarin davon zu überzeugen, sich die Rettungsweste überzuziehen, doch die hatte den Kopf zwischen den Beinen vergraben und weigerte sich hartnäckig, ihn wieder hervorzuholen. Ich ließ die Rückenlehne los und wäre durch die Wucht der nächsten Welle fast durch die Kabine geschleudert worden.

Gerade noch so konnte ich mich am Tisch festhalten, der in weiser Voraussicht von einem klugen Schiffsbauer am Boden festgeschraubt war. Ich robbte mich zu Mara vor, bis ich neben ihr stand und beugte mich zu ihr herab.

»*MARA!*«, schrie ich ihr ins Ohr, ohne dass sie reagierte. Niven rüttelte an ihrem Arm und zerrte daran, doch weiterhin ohne Erfolg. So sehr ich ihre Angst nachvollziehen konnte, war ihr Verhalten in diesem Moment keine hilfreiche Bewältigungsstrategie.

Ich kniff ihr kräftig in den Oberschenkel, weil ich mir nicht mehr anders zu helfen wusste. Sicherlich nicht unbedingt nett, aber zumindest wirkungsvoll. Sie jaulte auf und riss den Kopf empor. »Hier! ZIEH DAS AN!«, brüllte ich, um das Gewitter zu übertönen. Zuerst befürchtete ich, sie würde sich wieder in ihre Schildkrötenstellung zurückziehen, doch dann ließ sie es sich von Niven und mir gefallen, dass wir ihr die Rettungsweste anlegten.

Zuletzt zog Niven seine an und schließlich strahlten wir alle im gleichen grellen Orangeton, als würden wir einer durchgedrehten Sekte angehören.

KKRRRAAAAWWWUMMMMM …

Ein weiterer Blitz krachte herab, so laut, dass es in den Ohren klingelte. Wir kreischten mit dem Donner um die Wette, doch er gewann spielend.

KKKRAAAWWWUUUMMMM …

Die Blitze fuhren jetzt im Sekundentakt hinab und die Hölle hielt uns fest im Griff. Sie verhielt sich wie eine Katze, die eine Maus gefangen hatte und nun mit ihr spielte, bis sie ihr den Gnadentod schenkte.

Wir klammerten uns verzweifelt und mit ganzer Kraft an irgendwelchen festgeschraubten Dingen fest und manchmal legte sich das Schiff so dermaßen in die Schräglage, dass unsere Beine herumwirbelten, als wären wir Superhelden und könnten fliegen.

Der Bug des Segelschiffs stieg einmal mehr senkrecht in die Höhe, als wollte das Boot eine glatte steile Wand bezwingen, dann brach eine schwarze gigantische Welle über dem Schiff zusammen. Die Kabinentür flog krachend auf, als wollte sie uns aufwecken, und eine beachtliche kalte Wassermasse strömte herein.

Ich schrie vor Panik und war damit nicht allein. Mara kreischte genauso entsetzt und angesichts des eindringenden Wassers verfiel sie plötzlich in hektische Betriebsamkeit.

Sie schnappte sich eine Kiste, tauchte sie ins Wasser, bis sie voll war und brüllte: »Wir müssen das Wasser rausschöpfen! Sonst säuft das Boot ab!«

Im gleichen Moment stürzte sie mit der Holzkiste durch die klackernde offene Kabinentür aufs Deck hinaus und wankte Richtung Reling.

»MARA?!«, kreischte ich wie von Sinnen und sprang auf, um ihr zu folgen und sie wieder hereinzuzerren. Ich hatte sie fast erreicht, als die nächste Welle das Boot herumwirbelte. Sie war riesig und spülte komplett über das Schiffsdeck hinweg.

Reflexartig und im letzten Augenblick klammerte ich mich am Türrahmen fest, während die Yacht eine bedrohliche Schräglage einnahm. Wasser prügelte und strömte auf mich ein und ich konnte nichts sehen. Genauso schnell, wie die Welle gekommen war, verschwand sie auch schon wieder und prustend holte ich Luft.

Doch da, wo zuvor meine Mitschülerin gestanden hatte, klaffte nun gähnende Leere.

Sie war weg …

»MAAARRAAA!«, kreischte ich und schlingerte zur Reling. Für einen Augenblick glaubte ich, in den tosenden Wellen ihre orangefarbene Rettungsweste aufblitzen zu sehen, dann hatte sie das Meer verschlungen. »MAARRAA!«, brüllte ich voller Verzweiflung und streckte die Arme aus, als könnte ich sie zurück an Bord zaubern.

»DU MUSST WIEDER REINKOMMEN!«, schrie mir Niven ins Ohr, der mich gleichzeitig von hinten zu umklammern versuchte. Er zog mich zurück und jetzt kamen ihm auch Tyran und Bonny zur Hilfe.

Im gleichen Augenblick wurde das Schiff erneut herumgeschleudert und wir schlidderten zu viert über Deck. Fast wäre Bonny über Bord geflogen, hätten Niven und Tyran sie nicht zu zweit festgehalten.

Diesmal brauchte ich niemanden zu überreden und

gemeinsam versuchten wir, die Kabine anzusteuern, um uns darin der Illusion von Sicherheit hinzugeben. Plötzlich blieb Tyran mitten an Bord stehen und riss entsetzt die Augen auf. Er starrte über die Kabine hinweg und ich folgte seinem Blick.

Für einen winzigen Augenblick dachte ich, ich würde ein geflügeltes gigantisches Wesen durch die Luft fliegen sehen, bevor es wieder in der Dunkelheit verschwand. Doch dann wurde mein Blick von dem gewaltigen, schroffen Felsen gefangen genommen, der vor uns wie ein spitzer Zahn eines Urzeittiers aus den aufgewühlten Wellen herausragte.

»*Scheiße* ...«, flüsterte ich und hoffte, dass das Schiff wie durch ein Wunder das scharfkantige Riff umschiffen würde.

Vergebens ...

KRRRAAAAAKKKK ...

So hörte es sich also an, wenn ein Schiff kenterte, dachte ich noch, dann geschah alles blitzschnell.

Das gesamte Boot kippte um, wie ein Betrunkener, der nicht länger das Gleichgewicht halten konnte. Augenblicklich schossen dunkle Wassermassen über Deck und ein greller Blitz donnerte, als würde er darüber triumphieren, dass der Sturm uns schließlich doch noch bezwungen hatte.

»NIVEN!«, kreischte ich und griff reflexhaft zu, als wir wie Holzstücke über Bord gespült wurden. Aus dem Augenwinkel sah ich, wie Tyran in die andere Richtung gerissen wurde, während Bonny bereits verschwunden war.

Niven umklammerte mich bis zu dem Moment, als wir ins Meer stürzten. Wir tauchten tief ins Wasser ein und sofort wurde das Donnern der Blitze zu einem fernen dumpfen Hintergrundgeräusch. Eisige finstere Kälte umschloss mich und obwohl wir verzweifelt versuchten, uns aneinander festzuhalten, hatte das Schicksal etwas dagegen. Wir wurden auseinandergerissen, als hätten wir in dieser Frage kein Mitspracherecht. Für einen letzten Augenblick sah ich ihm in seine wunderschönen grünen Augen, dann verschwand er in der Dunkelheit, während ich von der Strömung in die entgegengesetzte Richtung gezogen wurde.

Panisch strampelte ich mit Armen und Beinen, doch wahrscheinlich war es der Auftrieb der Rettungsweste, die mir das Leben rettete. Oder besser gesagt, den sofortigen Tod aufschob. Denn allzu lange konnte es unmöglich dauern, bis ich hier ertrank.

Prustend tauchte ich aus dem kalten Wasser auf, als auch schon die nächste Welle über mich schwappte und abwärts riss. Mein Tod war nur noch eine Frage der Zeit. Ich blickte mich unter Wasser um, doch außer grenzenloser Finsternis war da nichts.

Vielleicht sollte ich einfach aufgeben und die Rettungsweste abstreifen? Vielleicht sollte ich mich immer tiefer sinken lassen?

Dann wäre ich endlich wieder mit meinen Eltern vereint …

Ein verlockender Gedanke, doch irgendetwas verflucht Hartnäckiges in mir weigerte sich, die Segel zu streichen. *Noch war ich nicht tot!*

Wieder fing ich an zu strampeln und diesmal durchbrach ich die Meeresoberfläche und schnappte wie wild nach Luft. Prustend drehte ich mich herum und versuchte, etwas zu erkennen. Ich konnte weder die Klippe noch die Überreste der Yacht oder meine Mitschüler entdecken.

Ich trieb vollkommen allein auf hoher See in einem Sturm aus der Hölle und würde hier zweifellos sterben. Weitere gigantische Wellen rissen mich mit, ich stieg empor und sank wieder herab, nicht mehr als ein Spielball des Meeres.

Eine Zeit lang kämpfte ich noch dagegen an und paddelte mit Händen und Füßen, aber schließlich gab ich auf und ließ mich willenlos treiben. Ein ums andere Mal wurde ich von einer Welle überspült und in die Tiefe gezerrt, jedoch jedes Mal ausgespuckt, als würde mich ein riesiges Seeungeheuer verschlucken und für ungenießbar befinden. Wahrscheinlich war es die Rettungsweste, die mich immer wieder aufsteigen ließ.

Trotzdem verließen mich nach und nach die Kräfte. Nicht mehr lange und die Kälte würde mir den Garaus machen, wenn ich nicht vorher zu viel Wasser verschluckte und ertrank. Meine Augen fielen immer häufiger zu und die Kälte umschloss mich wie eine Mutter, die mich in die Arme nahm.

Mum, Dad, ich komme …

Endlich …

Eine letzte große gewaltige Welle nahm mich in die Arme, führte mich hoch in den Himmel, nur um mich gleich darauf hinab in die Unterwelt zu reißen. *Sei's drum.*

Der Aufprall war hart und unnachgiebig, als würde mir jemand seine Faust in den Magen rammen. Ich hustete und spuckte, während das Wasser um mich herum zurückströmte, bevor mich die nächste Welle bereits überspülte, als wollte sie mich zurückzerren.

Instinktiv und unbewusst grub ich die Finger in den weichen Sand unter meinen Händen und robbte mit letzter Kraft vorwärts. Nur ein kleines Stück und dann noch eins. Das Reißen der Wellen an mir wurde mit jedem Zentimeter, den ich schaffte, weniger, doch schließlich konnte ich nicht mehr.

Meine Kräfte waren am Ende. Ich wusste nicht, was passiert war, aber ich trieb nicht länger im wütenden Meer, das irgendwo hinter mir tobte und dessen eisigem Griff ich entronnen war.

Ich befand mich ... ich hatte keine Ahnung.

Mit allerletzter Kraft hob ich den Kopf und im gleichen Moment krachte ein Blitz vom Himmel herab, als wollte er mir Licht spenden, damit ich sah, wo ich gestrandet war.

Das war ... unmöglich, konnte einfach nicht sein.

Das war definitiv nicht Irland oder sonst irgendein bekanntes Land unserer Erde. Das war eine vollkommen fremde Welt, die mich hier erwartete.

Mein letzter Blick, bevor mir die Kräfte schwanden, galt dem fuchsähnlichen Geschöpf mit dem Knickohr und dem winzigen Geweih, das vor mir im Sand hockte und mir seltsam vertraut vorkam.

Es tapste auf mich zu und leckte mit seiner rauen Zunge über meine Hand.

Dann fielen mir die Augen zu und die Welt versank in Finsternis.

Ich hörte nur noch, wie der Fuchs zu mir sprach.

»Ich habe dich erwartet, Weltenretterin ...«

Nachwort

Lieber Leser, liebe Leserin,

ich möchte Dir herzlich dafür danken, dass Du den Auftakt zu meiner neuen Fantasy-Serie »SonnenMond Saga« gelesen hast! Natürlich hoffe ich sehr, dass Dir die Abenteuer rund um Aeryn und ihre Mitschüler gefallen und Du schon gespannt darauf hinfieberst, wie es mit ihnen weitergeht ;)

Mit der »SonnenMond Saga« betrete ich Neuland. Erstmals ging es mir darum, nicht eine Hauptperson in den Vordergrund zu stellen, sondern die Saga aus fünf unterschiedlichen Perspektiven zu schildern. Dies ist sicher auch ein gewisses Wagnis, weil es vielleicht dem/r ein oder anderen Leser/in nicht gefällt (ich hoffe, Du gehörst nicht dazu), aber anders würde diese Geschichte für mich nicht funktionieren.

Mir ist es wichtig, diesmal auch in die Gedankenwelt der vermeintlichen Bullys, Nerds und Rebellen abzutauchen und ihre Wahrnehmung der Ereignisse zu schildern. Denn letztlich sieht sich jeder ja selbst als Held der eigenen Geschichte.

Zu guter Letzt möchte ich noch etwas anmerken, auch wenn ich dadurch wie eine besorgte Mutter klinge. Einige Protagonisten in der »SonnenMond Saga« tun stellenweise ziemlich dumme Sachen, die andere Menschen emotional und physisch verletzen oder sich selbst und andere gefährden. Ich hoffe es versteht sich von selbst, dass sich niemand daran ein Beispiel nehmen sollte.

Ich würde mich sehr freuen, wenn Du die »SonnenMond Saga« in Form einer positiven Bewertung oder Rezension auf Amazon unterstützt und unter Deinen Freunden und Bekannten weiterempfiehlst :)

Du kannst mir natürlich auch gern eine persönliche Email schreiben (flimmer-licht@gmx.de), sei es für Anregungen, Kritik oder Fragen. Manchmal braucht es etwas Zeit, aber ich beantworte alle Emails, versprochen.

Wenn alles wie geplant klappt, werden die 12 Bände der »SonnenMond Saga« im monatlichen Abstand erscheinen, so dass Du am 1. Tag jedes Monats einen neuen Teil der Reihe lesen kannst!

Bis dahin wünsche ich Dir eine zauberhafte Zeit,
Sky

Sky O'Mara

Sky O'Mara wurde 1987 in Portmagee in der südwestlichen Grafschaft Kerry in Irland geboren. Ihr Vater verriet ihr später, dass sie in Wahrheit in einer stürmischen Nacht auf der Felsenspitze der sagenumwobenen Skelligs Inseln das Licht der Welt erblickte. Auch wenn ihre Mutter weiterhin darauf bestand, dass es nur leicht nieselte und sie eigentlich im St Anne's Krankenhaus in der Nähe von Caherciveen auf die Welt kam.

Unstrittig ist, dass Sky O'Mara im Alter von fünf Jahren zusammen mit ihren drei Geschwistern und Eltern nach Dublin zog, wo sie drei Jahre lebte, bevor sie zwei weitere Jahre in London verbrachte. Danach verschlug es sie über die Nordsee nach Deutschland, genauer gesagt nach Berlin, wo sich die Familie wohlfühlte und blieb.

Nach der Schule studierte Sky O'Mara an der Humboldt-Universität zu Berlin Amerikanistik und Kulturwissenschaft. Das einschneidendste Erlebnis während ihrer Studienzeit passierte allerdings während ihres Austauschsemesters in Oslo, wo sie der großen Liebe ihres Lebens begegnete, einem Berliner, der dort Urlaub machte.

Es wurde nicht lange gefackelt und kurz darauf geheiratet. Zehn glückliche Jahre lang lebte Sky O'Mara zusammen mit ihrem Mann, einer Tochter und einem Sohn, zwei Katzen, einem Hund und jeder Menge Hühner auf einem restaurierten Bauernhof in der Nähe von Potsdam.

In 2019 wurde die Sehnsucht nach dem geliebten Meer jedoch zu mächtig. So ließen Sky O'Mara und ihre Familie Potsdam hinter sich und leben nun an der deutschen Küste, um den Wellen und Möwen wieder näher zu sein.

Obwohl Sky O'Mara früh mit ersten Schreibversuchen begann, schrieb sie lange Zeit nur für sich selbst und auch keine längeren Geschichten. »FlimmerLicht. Frostiger Januar« war ihr erfolgreiches Debüt als Fantasy-Autorin. Seitdem schreibt sie romantische Fantasy-Geschichten und fantasievolle Liebesromane.

Sky O'Mara auf Instagram:
www.instagram.com/sky_omara

Sky O'Mara auf Lovelybooks:
www.lovelybooks.de/mitglied/SkyOMara

Impressum

»SonnenMond Saga – 1. Klirrender Januar«

Deutsche Erstveröffentlichung der Printausgabe
»SonnenMond Saga – 1. Klirrender Januar« in 01/2024
Vorliegende Auflage: 1.0

Printed in Poland
by Amazon Fulfillment
Poland Sp. z o.o., Wrocław

30762380R00125